# 図書館に火をつけたら

貴戸湊太

JN148462

宝島社
文庫

宝島社

# 図書館に火をつけたら

# 目次

# 図書館に火をつけたら

# プロローグ

ある日、僕は学校に行けなくなった。

朝ご飯を食べて、家を出るところまでは頑張った。でも、通学路の途中で足が止まってしまった。

教室にいるあいつらの顔を思い出すと、それ以上動けなくなる。想像だけが風船みたいに大きく大きく膨らんで、胸を苦しくさせた。

気が付けば、ランドセルを揺らして来た道を引き返していた。とはいえ、このまま家に帰るのも気が引ける。もしかしたら学校から連絡が入っていて、お母さんが待ち構えているかもしれない。

当てもなくうろうろしたが、段々と疲れてきた。もうすぐ季節は秋だけど、暑さはまだまだ厳しい。汗がだらだら流れてきて、外にいるのもつらかった。

でも、お金はちょっとしか持っていないので、喫茶店なんかには入れない。そもそもこんな時間に、小学生が街中にいるのも目立つだろう。

どうしよう。困り果てていると、ふと、「学校に行きづらい子は図書館へ」というポスターを思い出した。確かお母さんに連れられて行った市役所で見たのだと思う。

——ポスターに書いてあるのなら、大丈夫だよね。

僕は自然と、図書館のある山の方へと向かっていた。

七川《ななかわ》市立図書館は、小さな山の中ほどにひっそりと建っている、三階建ての大きな建物だ。横に広くて、窓が多い。

本を読むのは嫌いじゃないけど、七川市の図書館にはあまり良いイメージを持っていなかった。山の中にあるし、木がたくさん茂っていて暗い印象があったからだ。でも、文句を言われず休めるならそれで良かった。木陰が涼しそうなのも良い。開館時間にはなっていたようで、門は開いていた。僕は建物の中に入る。クーラーの涼しい風が出迎えてくれて、生き返るようだった。

天井は思っていたより高くて広く、それほど暗い雰囲気もなかった。むしろ、窓の外の木々の隙間から差し込む日差しが柔らかく、気持ち良さを感じた。ここにいれば大丈夫。そう言ってもらえた気がした。

図書館は本を読む場所だと思ったけど、とりあえずぼうっとしたかった。窓際の椅子に座って、何をすることもなく本棚を見つめる。それだけのことで、不思議と心が落ち着いた。

　時々、職員さんや他の利用者さんが近くを通るけど、誰も声を掛けてこない。黙ってここにいることを許されているようでほっとした。

　気持ちに余裕ができたのか、周りを観察することができるようになった。利用者はおじいさんやおばあさんが多いけど、若い人もいる。小さな子供とお母さんもいて、楽しそうに絵本を選んでいた。

　そんな中に、僕と同じくらいの年齢の男の子がいて驚いた。小学校の四年生か五年生ぐらいだろうか。六年生の僕より少し年下だ。自分のことを置いておいて、彼はこんな時間に、どうしてここにいるんだろうと考えた。

　しかし、声を掛けない方がいいということぐらいは分かる。僕だって、話しかけられないことにほっとしているのだから。

　僕は本棚を見つめ続けた。お昼ぐらいになってお腹が空いてきたけど、食べ物を手に入れる当てがないので我慢した。やがて壁の時計を見ると、学校の授業が終わる時間になってきた。

　そろそろ帰ろうかな、と思った。学校から家に連絡が入っていたら嫌だけど、お腹が空いてそろそろ限界だった。

「あれ、もしかして新しい子？」

急に話しかけられてびっくりした。顔を上げると、いつの間にか目の前にロングへアの女の子が立っていた。キリッとした綺麗《きれい》な顔立ちの子だ。ランドセルを背負っているので、小学生だろう。学校帰りにここに立ち寄ったようだ。背丈が僕と同じぐらいなので、学年は近そうだった。

「あなた、朝から図書館にいたんじゃない？」

彼女は明るい口調で、でも踏み込んで訊《き》いてくる。正直答えに詰まったが、気の強そうな黒目に見つめられて、逃げられず返事をしてしまった。

「うん、そうだよ」

「やっぱり。リンタローに続いて二人目か」

リンタローって誰と思ったが、話の流れからいって、朝から図書館にいるもう一人の男の子のことだろう。彼に目をやったが、やはり黙って本を読んでいた。

「ねえ、あなた名前は何て言うの」

「えっ。瀬沼貴博《せぬまたかひろ》だけど」

急に訊かれて、反射的に答えてしまった。女の子はふうんと頷《うなず》く。

「私は島津穂乃果《しまづほのか》。よろしくね」

自己紹介をするとすぐ、彼女はもう一人の男の子のところに行った。そして彼の腕を引いて連れて来る。

「この子は畠山鱗太郎《はたけやまりんたろう》。仲間なんだから、仲良くしましょ」

穂乃果はそうまとめた。仲間って言われてもと戸惑っていると、鱗太郎は彼女の手を振りほどき、逃げるように去って行った。

「あーあ。友達になるチャンスなのに」

穂乃果は唇を尖《とが》らせた。

「ねえ。どんな場所でも、友達は作っておいた方がいいよね」

僕の方に話が振られた。確かにそれは間違いのない正論ではあるけど、要らぬおせっかいだとも思った。彼女は学校でもこんな調子なのだろうか。

でも、後になって彼女の行動には感謝することになる。彼女がこうして出会わせてくれたから、今の僕がある。この図書館での出会いが、僕を変えてくれたのだ。

# 第一章　図書館炎上

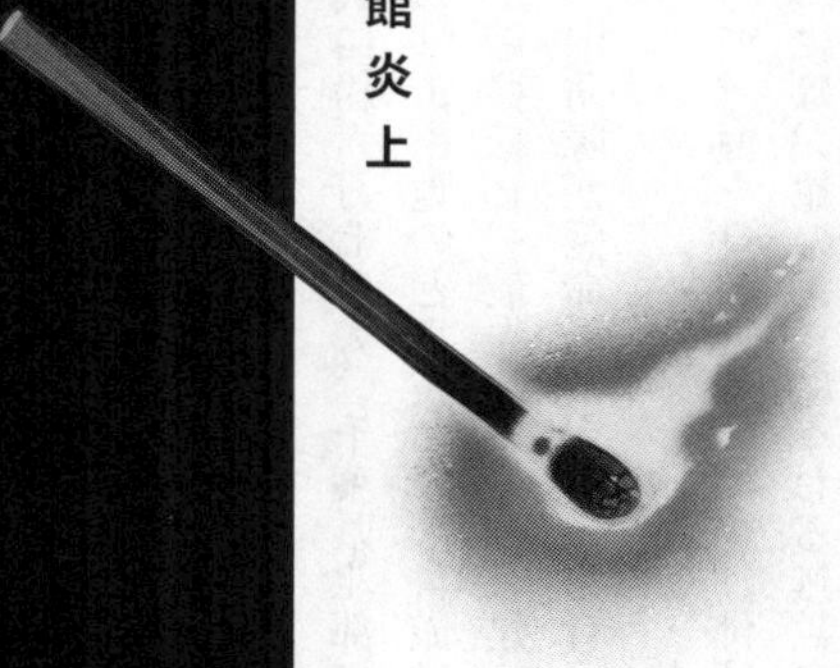

七川市立図書館が燃えている――。

そんな通報が消防に入ったのは、秋の暮れの十一月初旬、午後六時頃のことだったという。

千葉県七川市。人口約六万七千人。千葉県北部に位置する地方都市だ。のどかな風景が広がるその町の、市街地のど真ん中で図書館は燃えていた。

三年前に山の中から移転し、最先端の美しい建築に変わったその建物は、真っ赤な炎に包まれている。消防隊が懸命の消火活動を行うものの、火の勢いは止《とど》まるところを知らなかった。

俺は近くにいたので、煙を見て真っ先に駆け付けた。今日は休日で実家に帰っていたのだ。到着した時には、蛇のようにうねる無数の炎が図書館を包んでいた。小学六年生の時以来、十六年ぶりに図書館の目の前まで来たが、その眺めは絶望的だった。

「火事だ、火事だ。放火かもしれないぞ」

そう叫ぶ者もいた。憶測だが、もしかしたらと考えてしまう。

寒さを覚える秋の夜の風と、灼熱《しゃくねつ》の炎。アンバランスな両者を感じながら慌ただしく周囲を見回していると、火災現場の方向から走ってきた男と肩がぶつかった。金髪で、ピアスをたくさん付けている若者だ。顔を見た時、なぜか懐かしい気持ちになったが、その理由は分からなかった。

「すみません。大丈夫ですか」

謝ったが、男は何も言わず、野次馬とは逆の方向に走って行った。妙だとは思ったが、他に確認しておくべきことは多くある。この時点で、俺は一度、男のことを忘れた。

建物から脱出した職員と野次馬が、炎上する図書館を呆然《ぼうぜん》と見守っていた。職員たちは、広い駐車場の隅に固まって、寒そうに震えて座り込んでいる。図書館司書というとエプロンを着けているイメージだったが、ほぼ全員がグレーのジャケットを着ていた。ポケットが小さく、お洒落《しゃれ》さを前面に出したものだ。最近はそういう服装も増えたらしい。

「これで中にいた人は全員ですか」

職員の一人に訊くと、落ち込んだ低い声で返事が来た。

「ええ、全員です。閉館間際だったので利用者は少なく、一緒に全員脱出しました」

ひとまず、誰かが取り残された可能性はないらしい。

しかし、それでひと安心というわけにもいかない。早速、一人の野次馬がスマホを掲げて何やら喋《しゃべ》っていた。どうやら火災の実況動画を撮っているらしい。彼は消防隊の目の届かないところで、火災現場に近付こうとしていた。俺は堪《たま》らず声を掛ける。

「あの、危ないですよ」

「はあ、何だよあんた。撮影の邪魔だよ。あっ」

失礼します、と断りを入れて男のスマホを触り、撮影を中止させた。

「何の権利があってそんなことするんだよ。あんた消防か、警察か。違うだろ」

食って掛かる男を火災現場からやんわり引き離しながら、俺は名乗った。

「私は千葉県警捜査一課の刑事、瀬沼貴博です。あなたの仰《おつしや》る警察です」

「警察だと。そ、そりゃ、悪かったよ」

急に低姿勢になり、彼はすごすごとその場を去って行った。非番なので警察手帳は持っておらず、見せろと言われたらどうしようかと思ったが、何とかなった。男を危険から守ることができてほっと一息つく。

「すみません、警察の方ですか」

背後から声が掛かった。振り向くと、消防隊の一人が近付いてくるところだった。

「七川署の警察官の到着が遅れています。どうかご協力をお願いします」

大規模な火災で、人手が足りないらしい。もちろん、俺は頷いた。

「分かりました。野次馬の対応などお任せください。ところで、火元はどこですか」

「ありがとうございます。火元は地下書庫のようです」

そんな場所から火が出たというのか。不審に思いながらも、集まって来る野次馬の方へと向かった。今は一人の怪我《けが》人も出さないことが先決だ。

炎はなおも勢いを強めていたが、七川署の警察官が駆け付け、野次馬対応には充分な人手が揃《そろ》った。七川署の面々とは顔見知りだったので、後を頼むと告げ、情報収集に向かった。

気になったのは、地下書庫から火が出たという点だ。本の大敵は火だから、大量の本がある書庫に火の気などないはずだった。しかも、地下書庫ということは密閉されているはずで、そこから出た火が、どうしてこうも広範囲に燃え広がったのか。

「県警捜査一課の瀬沼といいます。出火原因に心当たりはありませんか」

座り込んでいる職員たちに再度声を掛けるが、満足な答えは得られない。火が出た原因に思い当たる節がないという以前に、皆ショックで呆《ほう》けてしまっているのだ。今や図書館全体が燃え盛る炎に包まれ、外壁が少しずつ崩れ始めていた。

これでは情報は得られそうにないな。そう思い始めていた時、あの、と呼びかける声がした。

「バックドラフトじゃないの」

　振り向くと、長い黒髪を後ろで束ねた女性が立っていた。二十代後半ぐらいで、俺と同じ若い年代だ。目鼻立ちが整っていて、気の強そうな黒目が印象的だ。図書館職員のようで、エプロンを着けていた。他の職員はジャケットだが、彼女だけはその服装だ。

「バックドラフト、ですか」

「そう。密閉された空間で火災が発生した場合、一旦は酸素がなくなると火が消えたようになることがある。でも、それは火が消えたんじゃなく、火種と可燃ガスは残っていて、少しでもドアが開くなどして新鮮な空気が流入すれば、火種が可燃ガスを吸って爆発的に燃え上がってしまう。これがバックドラフト」

　一気に喋られて、ほうと息を吐くことしかできない。

「地下書庫も密閉された空間だったから、発生条件には当てはまる。多分、入り口のドアを消防隊か第一発見者が開けた時、バックドラフトが発生してしまったんじゃないかな。バックドラフトを防ぐのはプロの消防隊でも難しいらしいから」

　彼女はすらすらと説明する。聞いたことぐらいはあったが、やけに詳細な説明だ。タメ口の口調と共に、怪しく感じられてくる。

「どうしてそんなにお詳しいんですか」

「ああ、怪しまないでね。以前に利用者から火事のことについて複数回質問を受けたんだ。その時に文献を調べて回答したから、バックドラフトのことは知っている。利用者からの質問に文献を調べて答える、いわゆるレファレンスサービスという奴だね」

レファレンスサービスについては知っていた。そういうことなら、知識を持っているのも納得できる。

ただ不自然なのは、この女性のタメ口だ。妙に親しげではないか。そう言えばどこかで見たような顔立ちだ。ついじっと見つめてしまう。

「まだ思い出さないんだね。だったらこれでどう。久しぶりだね、貴博」

下の名前で呼ばれて、俺ははっとした。

「もしかして穂乃果か。島津穂乃果」

小学生の時、図書館で出会った勝気な少女の面影が脳裏に浮かんだ。

「やっと思い出してくれた。私は一発で気付いたのに」

拗《す》ねたように唇を尖らせる。そんな子供めいた仕草も彼女らしかった。

「まさかこんな場所で再会するとはな。積もる話はあるが、今はそれどころじゃない」

「そうだね。貴博は刑事なんだよね。お互い、やるべきことをやらないと」

俺のやるべきことは分かるが、穂乃果のやるべきこととは。そう思っていると、彼女は俺の元から去り、駐車場の一角に向かった。そこには本が山積みになっていた。どうやら火災の中から救出されたもののようだ。穂乃果は他の職員を促してそれらをより安全な場所に動かしていた。

だが、救出された本は遠目からでも分かるほど水に濡《ぬ》れていた。スプリンクラーの水や消火の放水によるものだろう。買い直しになるのか。そう考えていたが、職員たちは思っていた以上に深刻そうに話し合っていた。

「どうしました。お困りでしたらお手伝いしますよ」

声を掛けるが、一同は目配せをし合う。少しの沈黙の後、穂乃果が前に出てきた。

「今は緊急事態なんです」

他の職員の前なので彼女は丁寧語で喋った。そりゃこの状況は緊急事態だろうと思ったが、どうやらそれだけではないらしい。

「濡れた資料にカビを生やさないためにも、四十八時間以内の早急な対応が必要なんです。水に濡れると、最悪四十八時間でカビが発生し、紙の繊維が破壊されて粉々やドロドロになってしまいます。そうなれば二度と元には戻りません。貴重な郷土資料や絶版資料は、買い直そうと思っても買い直せないんです。だから濡れた資料は早急に保全する必要があるんです」

思っていたより緊急性が高い。俺はごくりと唾を飲んだ。

「資料をダメにしないためにも、最悪の場合四十八時間以内の対応が成否を分けます。四十八時間は最悪の場合ですが、長く見積もっても一週間以内には的確に対処しないと、カビが発生してしまいます」

「それなら、早く乾かさないと」

慌てて言ったが、穂乃果は首を振った。

「それが難しいんです。塗工紙《とこうし》という近代の本によく使われるコーティングされた紙は、濡れた状態から乾かすと、ページがくっついて貼り付いてしまうんです」

それではどうしろと言うのか。永遠に濡れたままで置いておくわけにもいかないだろう。

「ですので、敢《あ》えて乾かさずポリ袋に濡れたまま入れて、口を縛って一旦保管します。ポリ袋に入れなければ、自然と乾いてしまうからです。四十八時間以内に対処できるものはとあるやり方で乾かし、間に合わないものはポリ袋に入れたまま冷凍庫で冷凍して時間を稼ぎます。冷凍すると時間が止まったようになり、カビが発生しないんです。ただ、大きな冷凍庫はそう簡単には見つからないので、協力先を探す必要はありますけど」

なるほどと頷かされた。乾かせばいいというものでもないのだ。

「冷凍庫を貸してくれる協力先なんて、準備していない。無理だ」

職員の一人が頭を抱えた。だが、穂乃果は表情を変えずに言う。

「だったら今から探してお願いするまでです。無理だと嘆いている時間があったら、少しでも動くべきですよね」

職員は何も言えず口を開け閉めした。間違いのない正論を吐く彼女の癖は、今も直っていないらしい。職場で敵を作っていなければいいが。

「とにかく皆さん、塗工紙の資料をポリ袋に入れつつ、冷凍庫を貸してくれる施設を探しましょう」

穂乃果がそう言うと、職員たちは金縛りが解けたように慌ただしく動き出した。俺への説明が、彼らの危機感を煽《あお》ったのかもしれない。

彼らは、誰かがコンビニで買って来たらしいポリ袋を手に取り、救出した塗工紙の蔵書で濡れているものを入れ始めた。それ以外の者は、冷凍庫を求めて電話を掛けたり、ネット検索をしたりしている。

手伝おうかとも思ったが、下手に本を触って破損してはいけない。この作業はプロに任せることにした。

火災が治まったのは深夜になってのことだった。

寒さが増してきた頃、図書館は丸ごと焼け落ち、土台と柱だけの黒焦げの姿になっていた。見るも無残なその光景を前に、四十代後半ぐらいの男性が呆然と立ち尽くしていた。

「どうしてこんなことに」

「館長、しっかりしてください」

嘆く彼を、隣にいる職員らしき男性が慰めている。四十代後半の男性は「館長」と呼ばれているので、どうやら七川市立図書館の館長のようだ。

図書館の館長というと年配の人を想像しがちだが、想像していたより若々しくてスマートな感じの人物だった。彼はふらふらと歩いて行き、自分を落ち着かせようとしたのか煙草《たばこ》の箱を取り出した。新品のようで、彼は封を開けて一本取り出すが、ライターを手に取ったところでそれを引っ込めた。さすがに火災現場で煙草というのも外聞が悪いと思ったのだろう。

「全く、何て酷《ひど》い一日だ」

館長はそうつぶやき、その場を立ち去って行った。

一方、他の職員たちは消防隊が運び出す蔵書を受け取り、積み上げていた。消防隊は理解があり、消火前に書棚に可能な限りブルーシートを掛けてくれていたそうだ。このお陰で、いくつかの蔵書は水濡れを防ぐことができた。

「うわ、こっちはびしょ濡れだ」

だが、嘆きの声が上がるように、大半はスプリンクラーや消火活動の影響で濡れてしまっており、すぐさま対処する必要があった。

「スプリンクラーの水が出っぱなしでしたからね」

「自動で止まるタイプにしておくべきだったわね」

職員たちは悲しみ合っている。話を聞くに、どうやら火災が治まるまで、スプリンクラーの水はかなり長い間出続けていたそうだ。自動ではＯＦＦにならず、一階にあるスイッチを押さないと止まらない造りだったかららしい。

「手伝います。せーの」

消防隊や七川署の警察官も手伝い、夜通しで、修復可能と見られる蔵書は運び出された。修復不可能な燃えたものは、残念ながらその場に見捨てていくこととなる。

水濡れしている塗工紙の蔵書は、基本的にポリ袋に入れて時間稼ぎを図る。この作業は大変な労力を使うもののようで、皆、疲労困憊《こんぱい》していた。この寒いのに汗だくになっている。七川市立図書館は、三十五万冊超もの蔵書を有する図書館だそうで、人口の割にその数は多い。その膨大な量のため、作業はなかなか終わらなかった。

「おい、ちょっと来てくれ」

作業がなおも続く夜明け前、焼け跡から大声が響いた。切羽詰まった声で、重大事を予想させる。慌てて駆け付けると、焼け跡の階段を下りた先――地下書庫の前に人が集まっていた。入り口ドアはなぜか取り外され、脇に立て掛けられている。

どうして取り外したのか。俺は怪訝《けげん》そうな顔をしていたのだろう、消防隊の一人が説明してくれた。

「いくら押しても開かなかったので取り外しました。室内でものが突っかかっていたのが原因です」

ドアは内開きのようで、室内にある何かが開くのを塞いでいたらしい。

「ここからは、警察の仕事になりそうです。どうぞ」

促され、不安になりながらも七川署の警察官らと一緒に中に向かった。七川署の面々と顔見知りだったお陰で、俺もメンバーに入ることができた。ドアが外された入

【 地下書庫入り口付近 俯瞰図 】

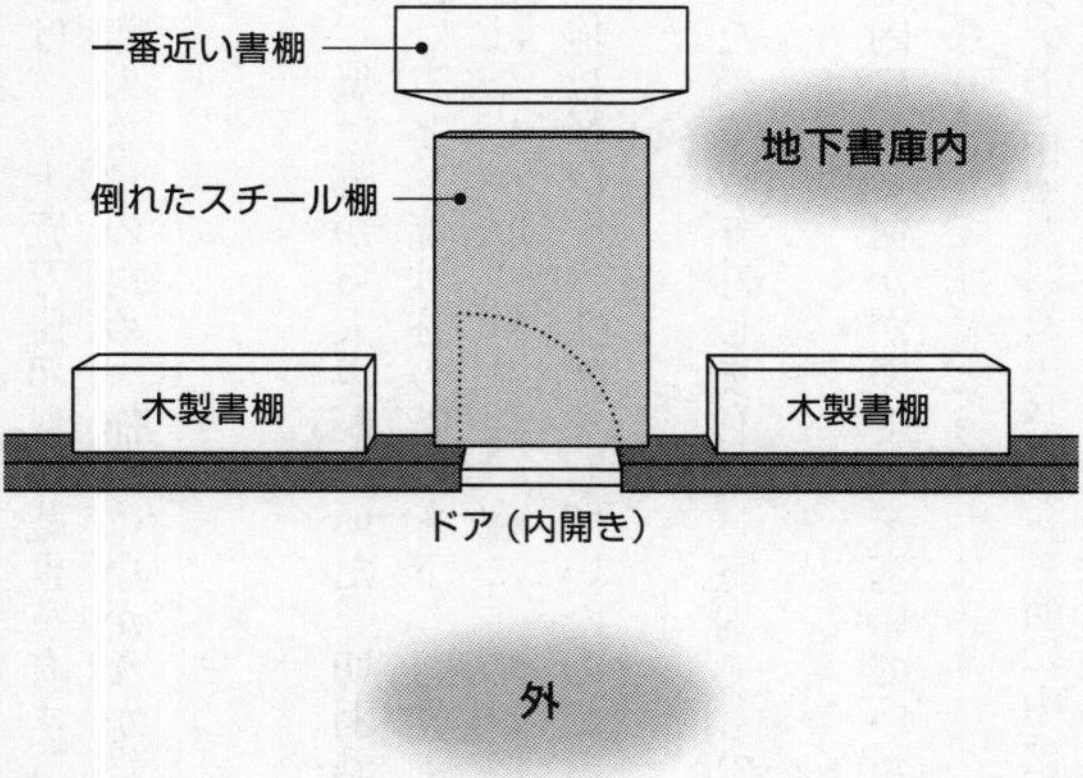

り口から足を踏み入れると、すぐ目の前に、スチール棚が倒れていた。入り口側に頭を向けて倒れる形だ。そのスチール棚が、ドアと、一番近い書棚の間にぴったり挟まっている。これに突っかかって、内開きのドアが開かなかったようだ。

気になる状況ではあるが、それより奥の方が気になる。煙臭い空気に咳《せ》き込みそうになりながら進んで行くと、奥に黒焦げの何かが転がっていた。それが焼死体だと分かるまで、さほど時間は要しなかった。

俺は、屈《かが》み込んで死体を見た。黒焦げで、身元や人相はよく分からない。

「逃げ遅れて、火災に巻き込まれたんでしょうか」

「いえ、利用者と職員は全員脱出したと聞いていましたが……。逃げ遅れた人がいたんでしょうか」

七川署の警察官たちの会話を聞きながら、死体を観察する。すると、頭部にある特徴が見つかった。

「皆さん、ご遺体の頭部に陥没がありませんか」

七川署の面々が近付いて来て覗《のぞ》き込む。彼らは口々に、確かに、とつぶやいた。

「強い力で殴られたということですか」

質問を受け、俺は頷く。

「そうですね。これだけ陥没しているのですから、このご遺体の人物は、意識を保っていることはできなかったでしょう。気絶して地下書庫に放置され、火災に巻き込まれたという可能性も出てきます」

「となると、これは殺人事件ですか」

若い七川署の警察官が声を上げる。

「予断は禁物ですが、その可能性が高そうですね」

俺はなおも死体を観察していたが、それ以上特徴は見当たらなかったので、腰を上げて質問をする。

「火災の第一発見者はどなたですか。お話をお聞きしたいのですが」

「それなら、図書館の館長ですね。尾倉《おぐら》という四十代の男性です」

先ほど見た、狼狽《ろうばい》して煙草を吸おうとしていた男性だ。俺は礼を言い、地下書庫から外に出た。

「尾倉と申します。どうぞお見知りおきを」

駐車場に停《と》めたパトカーの中で、俺は館長の尾倉章宏《あきひろ》から名刺を受け取った。彼は四十七歳ながら、革新的な図書館運営を行っているとして、たびたびメディアに取り上げられているとのことだった。名刺にも、メディア出演歴や書籍の出版歴が細かい文字でびっしり書かれている。

ただ、現在の彼は抜け殻だった。大事な図書館が全焼してしまい、言葉を発するのもしんどそうだった。

「お疲れのところ申しわけありません。火災を発見した時の状況を教えていただけますか」

問い掛けても、しばらく返事がない。どうしたものかと思案していると、ようやく彼は口を開いた。

「館長室にいたら、異臭を感じたんです」

虚《うつ》ろな目で、尾倉はゆっくりと説明を始めた。

「異臭をたどって地下に下りたところ、地下書庫のドアの隙間から大量の煙が上がっていました。ドアに透明なところはないので中の様子は分からなかったのですが、どう見ても火事です。大慌てで職員に報告し、地上階の蔵書を避難させました。一方私は火災現場の蔵書も救出しようと、カードキーで地下書庫のドアを開けようとしました。ですが、開かなかったんです」

「ちょっと待ってください。地下書庫のドアを開けるにはカードキーが必要なんですか」

　気になる情報に、俺はすかさず問いを挟んだ。

「ああ、説明不足で申しわけありません。職員数名だけが持っているカードキーが絶対に必要です。リーダーにかざすと鍵が開く仕組みです。なお、ドアはオートロックで、閉まれば勝手に鍵が掛かります。ただ、中からはノブを引くだけで解錠することができます。事故で閉じ込められた人のための救済策ですね」

「地下書庫の出入り口は、それ以外にはありますか」

「いえ、ありません。そのドアが唯一の出入り口です。防犯上の問題から、他に出入り可能な場所はありません」

　数名の職員しか、唯一の出入り口を開けられなかったということだ。この情報は重要だと、脳内にしっかりメモをした。

「話を戻しますね。火災発見時に私は地下書庫のドアを開けようとしたんですが、開かなかったんです。もちろん、カードキーでロックは解除しました。それなのに、です。カードキーの故障かと思い、慌ててデスクに入れていた予備のものを取りに行って再びロックを解除しましたが、やはりだめです。おかしいと思っていると、中で何かに突っかかっているのが分かりました。カードキーの故障ではなかったんです。ただ、何かが突っかかっているのなら開けるのは不可能だと判断し、地下書庫の蔵書の救出はあきらめました」

説明を聞く限り、この一件は重要そうだった。

もう一度調べてみるか。憔悴《しょうすい》している尾倉に礼を言い、その場を離れた。

消防隊立ち会いの下、俺たちは改めて地下書庫の入り口付近を調べた。気になっていた、内開きのドアが開いた時に当たる部分に、燃えたスチール棚が倒れている点をよく調べた。

「真っ黒焦げですけど、案外形や硬さは留めていますね」

スチール棚を見ながら、七川署の警察官がつぶやく。彼の言う通り、長時間炎に晒《さら》されていた割には、形は崩れていないし脆《もろ》くもなっていない。素材が丈夫なのだろう。

地下書庫の中を改めて見回した。すると、同じ書棚でも、固定の仕方に違いがあることが分かった。

「床に固定されている書棚とそうでない書棚がありますね。どう違うんでしょうか」

「それなら私も気になって職員に質問しました。床に固定されているのはメインとなるスチール棚が多いようです。一方、固定されていないのは予備の棚で、壁際にあるものが多いですね。問題となったスチール棚数個や、入り口の両脇にあった木製書棚などは固定されていないようです。木製書棚は燃えてしまいましたが」

予備の棚は自由に移動して使えるよう、固定しなかったということらしい。

ただ、問題のスチール棚がドアを塞ぐような場所に元々置いてあるはずがなく、明らかに移動されていたと分かる。スチール棚は、ドアと、一番近い固定された書棚の間に横たわるように置かれていた。なぜか、頭を入り口に向けて横に寝かされている。それが、ドアと、一番近い書棚の間にすっぽり挟まって、内開きのドアに突っかかって開かなくさせていたのだ。

この細工が、ドアを開けさせないためだというのは分かる。しかし、誰がそのようなことをしたのだろう。

「それにしても、本の燃えカスの量が凄《すご》いですね」

七川署の警察官が言った。地下書庫にあった本は大半が黒焦げで、燃えカスがあたり一面に散っていた。問題のスチール棚の下や背後にも、本の燃えカスがいくらか残っている。

消防隊曰《いわ》く、火元はこの横たわっているスチール棚の下あたりらしい。火元に不可解な状態で移動された棚。謎めいていた。

「ですけど瀬沼さん。これって密室……ですよね」

七川署の警察官が肝心なことを口にした。俺も薄々考えていたことだが、もう結論付けてもいいだろう。

「そうですね。地下書庫はいわゆる密室状態だったはずです。ここには窓がなく、出入り口は一つだけでした。横になっていたスチール棚のお陰で、内開きのドアは突っかかって開きません。もし放火だとしたら、誰も出入りできないことになってしまいます。この中で放火を行っても、中でスチール棚を横にしてしまえば外に出ることは不可能ですから」

地下書庫には頭部を殴打された焼死体があった。これと火災が無関係とは思えない。殺人と放火。それを続けて行った犯人がいるはずだが、現場が密室なのでは捜査は難航しそうだ。暗雲が垂れこめるのを感じつつ、地下書庫を出た。

階段を上がって外に出ると、駐車場では職員たちが山積みになった蔵書の仕分けを続けていた。その中には穂乃果がいる。久々の再会だったが、ゆっくり話をする時間はなさそうだ。またの機会に、と思ったが、幾ばくかの気まずさが胸をよぎった。

――俺は、彼女と話をする権利があるのだろうか。

小学六年生の時の、別れの記憶が脳裏に浮かぶ。穂乃果、そして鱗太郎。短い間だったが、図書館で過ごした仲間同士。だが、俺は最後まで二人の仲間でいられただろうか。

結局この日、最後まで穂乃果には声を掛けられなかった。

# 第二章　図書館という密室

図書館という密室

翌朝、現場に近い七川署に捜査本部が置かれ、千葉県警と七川署の合同捜査会議が行われた。公共施設での放火殺人とあって、捜査本部の規模は大きい。もちろん、俺も県警の一員として参加した。休日は終わったので、今日からまた仕事だ。尤《もっと》も、昨晩も仕事をしていたようなものだったが。

捜査本部に入るに当たって、穂乃果という知人が事件関係者の中にいることは報告した。だが、小学生の頃の数ヶ月程度の関係なら問題ないと言われ、捜査に参加することができた。それほどの友人関係とは思われなかったようだ。

「今回の火災は、放火で間違いないでしょう」

今は、失火か放火かを調査した消防隊員が説明をしているところだった。

「火元は、地下書庫の横たわっていたスチール棚のあたりです。自然に火が出るような原因は一切見つかりませんでした。図書館の備品にも、火がつくような道具はありませんでした。ですので、意図的な放火と見て良いでしょう。新聞紙を山積みにして、ライターなどで火をつけた痕跡があることも、それを裏付けています」

ここまで来ると、放火で確定だろう。新聞紙をたくさん積んで火をつけたということには、火を燃え盛らせようという強い悪意を感じる。

「なお、炎が広範囲に燃え広がった理由は二つあります。一つは、地下書庫のスプリンクラーが故障していたことです」

　会議室にざわめきが広がった。公共施設の消火設備が故障していて、そのせいで施設が全焼し、死者も出た。責任問題で大騒ぎになりそうな事態だ。

「それ以外の場所では、スプリンクラーは全て正常に作動したのですが、肝心の出火場所に一番近い機器が故障中でした。そのせいで炎が燃え広がりました。そして、密閉された空間で火災が発生してしまったことが、もう一つの理由に繋《つな》がります。その理由というのが、バックドラフトです」

　穂乃果の顔が思い浮かんだ。いち早くバックドラフトを指摘していた彼女の発想は本物だった。

　そこからの消防隊員の説明は、穂乃果が言っていたことと同じだった。彼女の相変わらずの聡明さに、俺は驚かされた。

　――やっぱり、穂乃果は名探偵だ。

　小学生の頃の、彼女の名推理が懐かしく思い出された。

「バックドラフトが発生したことで、火は一気に広がったと見られています。地下書庫以外の作動していたスプリンクラーの効果も虚《むな》しく、火災は図書館全体を包み込みました。以上です」

消防隊員はそうまとめ、一礼して去って行った。俺はなおも穂乃果との思い出に浸っていたかったが、仕事中だと思考を打ち切った。

「現場が密室状態だったことは、以上のことから明らかです」

壇上に立った捜査員が、スクリーンに映し出された現場見取り図を指差していた。倒れたスチール棚による密室。捜査員たちは困ったように頭を掻《か》いていた。

「地下書庫には窓がなく、出入り口は一つだけでした。通気口や換気扇はありますが、人が出入りできるようなサイズではありません」

ドア以外に脱出口はない。完璧な密室だった。

「焼死していた人物が火をつけ、誰も入ってこられないよう密室にして自殺したんじゃないのか」

捜査員の一人からそんな声が上がった。だが、壇上の捜査員は首を振る。

「実はそれは不可能なんです。詳しくは鑑識の方から説明があります」

壇上の捜査員は、脇に控えていた鑑識課員と交代した。

「発見された焼死体ですが、四十から五十代の男性の焼死体と見られています。火元に近い地下書庫内にいたということで、黒焦げだったため現時点では個人特定ができていません。歯の治療痕の照合などを待つ必要があります」

身元についての説明が終わり、話は死因に移った。

「死因は撲殺です。頭部に陥没があり、これは硬いもので殴打された痕跡でした。凶器については、地下書庫の書棚にあった分厚い辞書ということで間違いないでしょう」

奇妙な凶器に戸惑いの声が上がる。犯人がとっさの凶器に選んだからこそそうなったのだろうが、珍しいことだ。

「凶器の選び方からいって、突発的犯行の可能性が高いです。辞書で殴られて死亡したところ、火災によって焼けたという流れでしょう。このことから、火災と殺人には強い繫がりがあると思われます。殴って殺してしまったので、死体隠滅目的で火をつけたとも考えられます」

捜査員たちは唸《うな》った。この説明によると、先の焼死体＝放火犯という図式は否定されるからだ。

焼死体の男はすでに殴られて死んでいたのだから、地下書庫を密室にしたり、火をつけたりはできないはずだ。焼死体の男が密室を作り火をつけた後に殴られたという考えも出たが、それだと撲殺犯が地下書庫から出られない。結局、殺人犯がいて、焼死体の男を殺害後、火をつけて密室を作り、煙のように消えたという不可解な状況しか残らなかった。

「それでは次はカードキーの問題についてです」

考えているうちに、話題が次に移った。挙手をした捜査一課のベテラン刑事が、大きな問題を指摘した。

「気になるのは、どうやってこの焼死体の男が現場に入ったかということです。地下書庫に入るには唯一のドアにカードキーをかざして解錠しなくてはなりません。それ以外の方法での入室は不可能です。

地下書庫の本を読みたい時は、カウンターで貸し出しを申し出て、職員に取って来てもらう仕組みでした。カードキーは職員のうち、館長と、司書資格を持つ五人だけが所持しています。館長の尾倉、副館長の秦《はた》、司書で正規職員の岡林《おかばやし》と島津、非正規職員の神野《じんの》と加賀美《かがみ》の六人です」

神野。聞き覚えのある名前に面食らった。図書館に通っていた小学生の頃、大変世話になった司書が神野という名前だった。まさかその人なのか。動揺が走る。

だが、大事な捜査会議中に過去のことで戸惑うのはまずい。意図して、神野との思い出を意識から追い払った。もちろん、世話になったあの人だと分かった場合は、捜査本部に報告をしなければならないが。

思考を整理して、元の考えに戻る。現場に出入りする手段がカードキーだけだった以上、放火殺人の犯人はこの六人の中にいる。穂乃果や神野がそこに入っているのは気掛かりだったが、そんな心配はひとまず置いておいて、話を聞き続けた。

「予備のカードキーは一枚だけ存在し、館長の尾倉がデスクの鍵付きの引き出しに入れていました。購入当時の状態のまま、ビニール袋に包装された状態で置いていたとのことです。引き出しの鍵は常に尾倉が持ち歩いていました。ただ、この予備は火災の際、ドアが開かずカードキーの故障だと思った尾倉が、引き出しの鍵を開けて包装を解き、持ち出しています。その時は、火災発見を知って館長室に彼を呼びにきた職員数名が同席していました。包装が事前に解かれていなかったことも確認しています。そして予備のカードキーは、ドアが開かないことに腹を立てた尾倉が投げ捨て、結果的に火災の混乱の中で紛失しています。恐らく燃えてしまったものと思われます」

予備の存在が気にはなるが、使えなかったのなら意味はない。軽くメモする程度に留めておいた。

「なお、火災翌日の本日、六人のカードキーを確認したところ、全員が所持していました。燃え残った地下書庫のカードリーダーで確認しても、全員のもので解錠することができました。全て本物ということです。こうなると、火災発生時に、焼死体の男は地下書庫に入れなかったことが分かるかと思います。カードキーは六人全員が持っていたからです。予備のものについても、鍵付きの引き出しから包装を解かれて出され、紛失したのは火災発生後ですから、男が使ったとは考えられません。燃え盛る火元に、拾ったカードキーでわざわざ入る人もいないからです」

「六人の誰かが、男を地下書庫に招き入れたんじゃないのか」

そんな質問が上がり、説明をするベテラン刑事は渋い表情を浮かべた。

「そうとも考えられますが、断言する証拠がありません。地下書庫なんかに招き入れるメリットも考えづらいですし、現時点ではどちらとも言えないグレーな状態ですね」

それ以上の質問がなかったので、ベテラン刑事は着席した。すると今度は別の捜査一課の刑事が挙手し、懸案事項を口にした。

「密室はどうやって作られたのでしょう。マスコミ説明が必要ですよね」

今度は、壇上に居並ぶ幹部たちが苦々しい顔になった。というのも、現場がスチール棚によって作られた密室だったことは、すでにマスコミに漏れてしまっていた。密室現場に踏み込んだ捜査員か消防隊員の誰かが、うっかり記者に漏らしてしまったようだ。報道でも密室のことは事細かに報じられてしまい、県警はそれを認めざるを得なかった。

しかしこうなると、世間はどうやって密室を作ったかに注目する。ずっとトリックは分かりませんでは県警の面目が立たない。何としてもトリックを解明しなければならなかった。だが、その端緒すら摑《つか》めていないのが現状だ。

「誰か、考えのある者はいないか」

壇上の捜査一課長が、いら立ち紛れに声を上げた。だが、捜査員一同は黙り込むしかない。誰もトリックを思い付かないのだ。

しかし、実は俺は思い付いていた。密室を打ち破るその「方法」を。

「あの、よろしいでしょうか」

挙手をするとざわめきが起こった。捜査一課でも若手の俺がトリックを思い付いたのかと、皆驚いている。

「瀬沼か。言ってみろ」

捜査一課長に促され、立ち上がって説明した。

「密室を作っているのは倒れたスチール棚です。要するに、これを地下書庫からの脱出時には倒れさせず、脱出後に倒れさせればいいんです。ドアと一番近い書棚の距離を事前に測っていれば、そういった細工も可能でしょう」

まさか、と冷ややかな声が飛ぶが、俺はなおも続けた。

【 地下書庫入り口付近 立面図 】

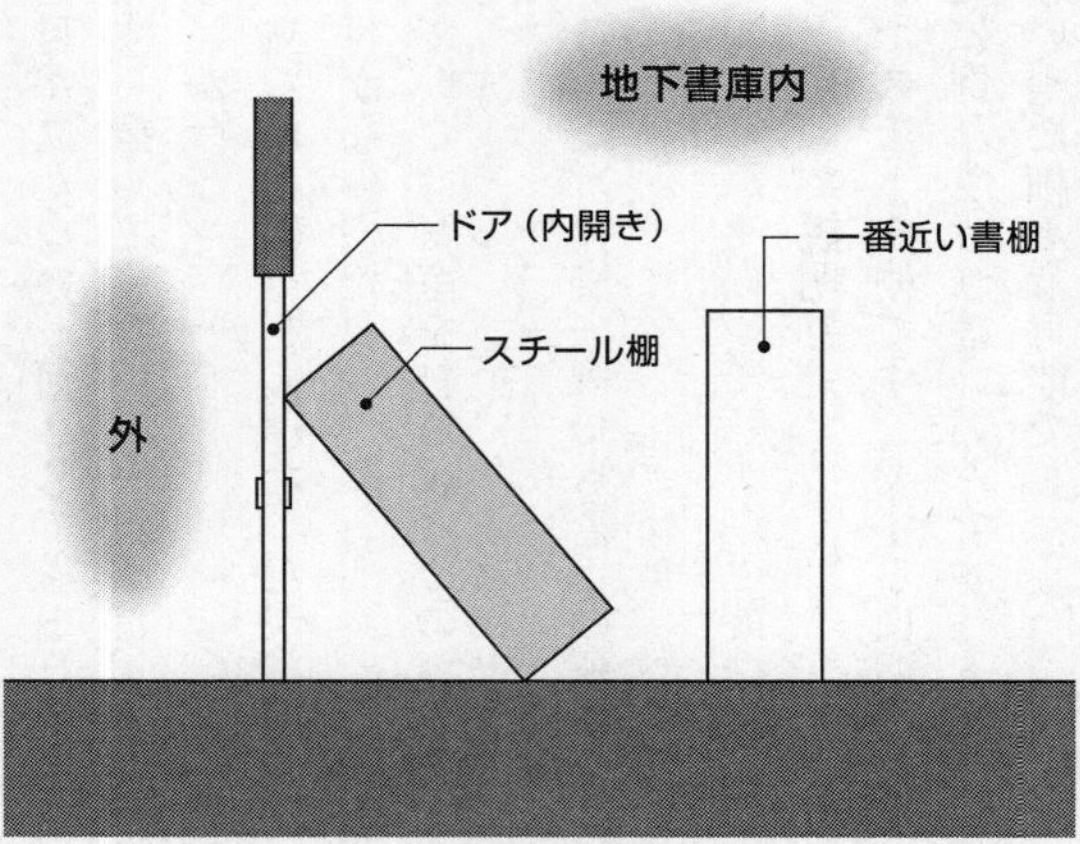

「例えば、スチール棚を斜めにして、ドアにもたれ掛けさせればどうでしょう。倒れるか倒れないかのギリギリの角度でもたれさせれば、僅《わず》かながら開閉は可能になります。そうして開けた僅かな隙間から犯人は脱出したんです。ドアを閉めれば、ギリギリの角度で斜めになったスチール棚は、自然と滑り落ち、一番近い書棚との間に倒れ込みます。そうすればスチール棚が両者の間に突っかかり、ドアが開かない密室が完成します」

なるほどと方々から声が上がった。やるじゃないかと褒め称《たた》える者もいる。

「面白い考えだ。しかし、完璧ではないな」

捜査一課長が冷静な口調で言った。意外な指摘に俺は戸惑った。

「ドアを閉めた後、スチール棚が滑り落ちるかどうかは偶然に左右される。ドアの閉め具合によっては、斜めのままの姿勢を保ってしまう可能性もある。つまりは密室が完成しないということだ。こんな不完全な密室トリックを弄する必要性がどこにある」

一同は再び黙り込んだ。言われてみれば確かにそうだ。恥ずかしくなり、俺はそそくさと礼をして席に着く。

「瀬沼の案は残念ながら完璧ではない」

捜査一課長が声高にそう告げた。だが、その目は落胆しているようには見えなかった。

「しかし、この案に何か要素を付け加えることで、完璧なトリックになる可能性もある。全捜査員は瀬沼の案を頭に入れておき、プラスアルファの何かを探してほしい」

どうやら全くの的外れではなかったようだ。捜査一課長は俺が思い付かないようなプラスアルファがあれば、不確実性のない確かなトリックに化けると踏んでいた。少し安心することができ、また捜査に貢献できて嬉《うれ》しかった。

どうか、事件の早期解決に結びつきますように。それだけを祈っていた。

「それにしても、瀬沼さんが七川市の出身だったとは意外でした」

車窓から懐かしい風景を眺めていると、運転席から声が掛かった。短髪に目元の涼しげな爽やかな風貌の男——七川署の若手刑事・志波《しば》が親しみを込めた視線を送っていた。

「俺も七川市の出身なんですけど、良いところですよね」

「そうですね。自然は豊かですし、人も優しいですし」

窓越しに山の紅葉を見ながら、同意の返事をする。志波は満足そうに頷いていた。

今回コンビを組むことになったこの男は、七川市生まれの七川市育ちらしい。

「それにしても、まさかあの図書館が全焼するなんて。話題になっていたのに」

ハンドルを握る志波が残念そうにつぶやいた。情報を得るべく、すかさず問い掛ける。

「三年前、でしたか。図書館が移転したのは」

「ええ、山の中からこの市街地のど真ん中へ。現館長と市長、肝煎《きもい》りの政策でした」

ニュースなどで報じられた範囲では知っている。だが、普段は千葉市の県警独身寮に住んでいるので、詳しいところまでは情報が入ってこなかった。

「綺麗な建物でしたよ。屋根は螺旋《らせん》状になっていて目を惹きましたし、館内も自然光をふんだんに取り入れて明るかったです」

山の中にあった頃とは随分変わっている。あの頃は、木々に囲まれていて暗いイメージで、窓から入る光も柔らかい木漏れ日程度だった。

「来館者は多かったみたいですね。私も行ったことがありますが、カフェなんかも併設されていて、親子連れに人気でした」

利用者が増えるのは良いことだ。しかし、山の中にあった頃からの急激な変化に、ついていけない自分がいた。

「あ、着きましたよ」

ブレーキが掛かり、車がゆっくりと停止する。ドアを開けて出ると、目の前に七階建ての真新しい建物が見えた。七川市役所だ。

現在、市役所の五階に、臨時の作業室が開設されている。そこで、職員たちは蔵書の修復作業を行っているという。容疑者たちの関係を調べる鑑取り班に入った俺たちは、そこにいる職員の聴取に来たのだ。

俺と志波が聴取を担当するのは、二人の正規職員だった。作業室の入り口まで出て来てもらって、簡単な話を聞くことから始める。

「岡林光輝《こうき》。年齢は四十六歳です」

「島津穂乃果。二十七歳です」

よりによって、穂乃果が聴取対象だった。彼女は知人だと報告したが、重要視されなかったらしい。

とはいえ、職務として与えられた以上はしっかりやるのが道理だ。一切の私情を排し、岡林と彼女に向き合った。

「今日はお二人ともエプロン姿なんですね」

まず目に入ったのは服装だった。思わず問い掛けてしまう。火災時は、岡林の方はジャケット姿だった気がする。

「ええ、蔵書修復作業をするには、汚れてもいい格好が一番ですので。刑事さんは火災時にジャケット姿をご覧になっていますから、違和感がありますよね」

岡林は俺に気遣うような視線を送る。

「そう言えば、火災時に刑事さんには色々お声掛けいただきましたね。心強かったです。ありがとうございました」

丁寧にお礼を言われた。どうやら彼は普段から気遣いのできるタイプらしい。

思わず恐縮したが、質問はしっかりしておきたい。俺は気を取り直して再び口を開いた。

「島津さんは、火災時にもエプロンを着けていましたね」

穂乃果の方に話を振ると、彼女はよそ行きの丁寧語で、簡潔に答えた。

「便利ですから」

彼女は気忙《きぜわ》しく室内に目をやっていた。聴取など面倒だから、早く作業に戻りたいという気持ちが透けて見える。だが、いくら何でも返事が短すぎだ。

「すみません。彼女、無愛想で。島津さんはとても熱心に働いていてくれていて、その働き方にはエプロンがぴったりなんです。本をたくさん運ぶ司書は案外肉体労働で、本の汚れが服に付くことも多いんです。その点、汚れてもいいエプロンなら安心して作業ができます」

代わりに岡林が答えた。やはり、気を遣うタイプの人だ。

「大きいポケットに様々な道具を入れられるのも便利です。島津さんは普段、工作とか本のカバーフィルムを切るのとかに使える、大型のはさみやカッターナイフを入れています」

「そうなんですか。そんなに便利なのに、どうして岡林さんは、普段はジャケットを着ているんですか」

何気なく訊いただけだったが、岡林は頬を引きつらせて気まずそうに言った。

「館長の命令だからです。図書館が移転した時に、原則ジャケット着用というルールが出されました。島津さんは強く希望して、いつもエプロン姿で働いているんですが、例外中の例外です。ジャケットはポケットが小さくて不便なので、私も本当はそれほど好きではないんですがね。まあ館長命令ですので」

館長の名前を出した時、彼は珍しく不満そうだった。何かあるな、と感じられた。

「すみません。作業に戻りたいんですが、もういいですか」

不意に穂乃果が口を開いた。痺《しび》れを切らした、という感じのいら立ちがこもった声だ。

「濡れた蔵書を修復するのは、時間との勝負なんです。これ以上ここでむだな時間を過ごすわけにはいきません」

むだとは随分な言いようだが、確かに正論ではある。火災時に聞いた話からするに、一分一秒が惜しいのは確かだろう。

「あのですね、人が一人亡くなっているんですよ」

事情を知らない志波が、不満そうに声を尖らせた。岡林も、そうだぞと彼女を諭している。

「そんなことを言われたって。こっちは修復作業で一杯一杯なんです」

自然と穂乃果もけんか腰になる。まずいと思い、その間に割って入った。

「まあまあ。どうでしょう。折衷案として、修復作業をしながらお話を聞かせていただくというのは」

穂乃果は目を丸くした。しばらく迷うような間があったが、溜息《ためいき》とともに彼女は頷いた。

「仕方ありません。そうしてください。私だって、捜査には協力したくないわけじゃないですから」

そう言い残すと、彼女は早速作業室に入って行った。

周囲との軋轢《あつれき》なんて気にせず、堂々と自分が正しいと思ったことを主張する姿。子供の頃と何も変わっていない穂乃果を見るにつけ、不思議な嬉しさが込み上げていた。

作業室には机が多く並べられ、その上には濡れた本が置かれていた。ただ、その本は普通に置かれているわけではない。板に挟まれ、重しが載せられているのだ。

「これは自然空気乾燥法と呼ばれる、最もポピュラーな乾燥法です」

岡林が解説役を買って出る。無言で作業に没頭する穂乃果の横で、彼は解説を行った。

「作業手順は次のようになります。
①本を水道水で洗い、汚水を流し切ります。汚水が残っていると塗工紙がくっつきやすくなるためです。
②本全体を乾いたタオルで押さえ、水分を取ります。
③塗工紙のページがあるなら、一枚一枚丁寧に剝がして、全ページに吸水紙を挟み、まめに取り換えてページが半乾きになるまで続けます。
④塗工紙のないページは、十数ページぐらいおきでもいいので吸水紙を挟んで水分を

取ります。
⑤吸水紙を外し、形を整えて板に挟み、重しを載せます。
⑥一日に数回、重しを外して風通しをし、随時乾き具合や塗工紙の貼り付きがないかをチェックします。
この過程を経て乾燥させると、ページの貼り付きもなく、元の通りに読めるようになります」

作業自体はシンプルだが、相当気を遣いそうだ。これを大量の本で同時に行うとなると、体力的にも精神的にもかなりの負担になるだろう。

穂乃果は、③の工程なのか、ページを一枚一枚、ゆっくりと指で剝がしていく。その慎重な手つきを見ていると、こちらまで緊張で唾を飲んでしまう。

「冷凍庫で冷凍してある蔵書についても、自然解凍をしてから順次この作業を繰り返します。ちなみに、冷凍庫は様々な場所に分散して借りることができました。博物館、埋蔵文化財施設、大学、果ては市場、冷凍業者、スーパーマーケットなど。多くの施設の協力の下、冷凍が行われています。なお、真空凍結乾燥法という、冷凍して真空下で水を気体にして蒸発させることで、塗工紙の貼り付きを防ぎつつ乾燥させるという便利な手法もあります。ですが、大規模な設備が必要なため、滅多に行えないというのが実情です」

まだまだ乾燥を待っている本が多くある。そのことを考えると、穂乃果のいら立ちも理解できる気がした。

「自然空気乾燥法は、膨大な時間を要する作業です。冷凍庫に入りきらなかった蔵書もあるので、四十八時間から一週間のタイムリミットがあり、急を要します。救出した蔵書で、水濡れがありながら貴重な資料であるため修復が絶対必要と判断されたものは二千点を超えています。カビ発生まで時間の猶予はありません。七川市では手に負えないものは、東京都立図書館に送って、専門の部署で修復作業が行われています」

解説をしながら、岡林も手を動かしている。図書館の本が濡れるということに、これだけの対処が必要だとは思いもしなかった。犯人も罪深いことをしたものだ。

「はい、次はこっちをお願いしますね」

箱に入った本が静かに置かれる。振り向くと、五十代ぐらいの女性職員が岡林と穂乃果に指示を出しているところだった。彼女はふっくらとした体形で、髪型は黒髪のセミロング。垂れ目が優しそうな雰囲気を出している。だが、その指示は素早く的確で、張り詰めた空気感があった。

「そこの本、重しがずれかかっているから注意してください。風通しも忘れないでくださいね」

矢継ぎ早に指示が飛ぶ。その間も、彼女は他の作業にも視線を送っていた。

「あれ、あなたたちは」

そんな女性の視線がこちらに向いた。彼女は困ったように眉を寄せる。

「こちらは警察の方です。作業をしながら聴取をしてもらっているんです」

岡林が説明すると、彼女は穏やかに一礼した。

「お疲れ様です。お仕事頑張ってくださいね」

女性は背を向け、今度は別の職員の方に本を運んで行った。どうやら彼女が中心になって指示を出しているらしい。

そんな彼女の顔を見て、あっと声が出そうになった。小学生の頃、随分世話になった相手だったからだ。

「あちらは神野果歩《かほ》さんです。非正規職員なんですが、ベテランで誰よりも優秀な司書さんです」

彼女はカードキー所持者として、捜査会議で名前が挙がっていた人物だ。だが、名前だけ同じ別人の可能性もあった。しかし今、彼女はあの「神野さん」だと分かった。苦しかった小学生時代、神野の明るい挨拶に何度救われたことか。知人が捜査対象ということで捜査本部への報告は必要だが、今も図書館で働いていたことに胸が一杯になった。

「刑事さん、質問があるんじゃないですか」

作業をしている岡林が口を開いた。俺ははっとして聴取の方に意識を戻す。

「では率直にお聞きしますが、放火殺人犯が誰か、心当たりはありませんか」

岡林と穂乃果は言いにくそうにしていたが、やがて声を潜めて答えてくれた。

「ここだけの話、私は内部犯ではないかと思っています」

そう口にしたのは穂乃果だった。岡林が非難するような視線を送るが、彼女はなおも小声で続ける。

「図書館の運営方針に不満を抱いている職員は多くいましたからね。図書館内に火を起こせる道具はなかったから、その人がライターなんかを持ち込んで火をつけたんじゃないですかね」

「不満というと、どのようなものですか」

「館長への不満ですよ。職員は、カードキーを持つことを許可された六人の他にも、非正規の者が多くいます。その面々も含めてほとんどが不満を持っていました。現館長の尾倉さんは、三年前に館長として就任したんですが、もともとは七川市出身の会社経営者で、実績のある人でした。でも五年前に、会社経営はもう辞めたと言い、これからは社会のためになる事業を行うと宣言したんです。そして、本人が言うところの『大改革』を始めたんですが、これが問題でした」

火災現場で憔悴していた尾倉の姿が思い出される。大改革という思い入れがあったからこそ、あそこまでショックを受けていたのだ。

「大改革として、まずは、古くアクセスしにくい山中にあった従来の図書館に代えて、新しい図書館をアクセスの便利な市街地に建てました。尾倉さんのつてで、有名建築家が指揮を執ってのことでした。光が燦々《さんさん》と降り注ぐ奇抜な螺旋状の屋根を持つ構造は、テレビでも取り上げられ注目を集めました。さらに館内にはカフェを併設し、蔵書も三十五万冊という数を揃え、開かれた新しい図書館をアピールしたんです。メディアに何度も取り上げられたことで、以前とは比べ物にならないほど大勢の利用者が訪れました」

これだけ聞けば良いことだが、穂乃果の表情から察するに、陰で問題があったようだ。

「確かに経営の手腕は認めます。実際、あの人の就任後の人口に占める来館者の割合は県内でトップだし、貸し出し率も県内トップどころか関東、全国でも上位クラスです」

一旦は実績を褒める。しかし、その後に「ただし」という言葉が付くような言い方だ。

「ただし、看過できない問題が多々あります。というのも、明るい光が差し込む建築は、光が差し込みすぎてまぶしく、また蔵書が色焼けする可能性がありました。また、建築にお金を掛けた分、スプリンクラーなどの設備は不足し、また整備不良を繰り返しました。実際、火災の時に地下書庫のスプリンクラーは故障していて稼働しなかったんですよね。故障について、館長と副館長の秦さんは、知らなかったと言っていますが、実際のところそうではないんです」

思わぬ情報だった。メモを取る指先が緊張するのが分かった。

「点検があった時、館長と副館長の二人が、スプリンクラーの調子が悪いと話し合っていたんです。多くの職員が聞いているので、間違いありません。私も、岡林さんも聞いたことがあります。噂《うわさ》になっていて、職員のほぼ全員が知っていたぐらいです。それに建物自体、耐火構造を満たしていないという話もあります」

岡林が不安そうにしながらも、微《かす》かに頷いて聞いている。結局は彼も同意見のようだ。

「利用者を効率よく増やすべく、長居の禁止なども命じていました。図書館は、居場所のない人が穏やかに過ごせるシェルターのような場でもあるのに、それを蔑《ないがし》ろにしたんです。館長命令ですから逆らえず、長時間の利用者に声を掛けざるを得ない私たちの気持ち、分かりますか」

それは大きな問題だった。俺がかつて図書館に救われたのは、意味のない長居を認めてもらえたからだ。それがなかったらと思うとぞっとする。

「問題はまだまだあります。先進的な事例として、利用者の貸し出し記録を保存し、ネットで自分のものを閲覧できるサービスを始めたんです」

それの何がまずいのかと一瞬首を捻《ひね》ったが、穂乃果は勢い込んで続ける。

「原則として公共図書館の貸し出し履歴は、返却後まもなく削除するというのが通例なんです。図書館は利用者の秘密の確保を重視するのが基本なのに、全く以《もっ》て無視しています。読書はその人の思想・信条に大きくかかわるので、秘密保持は徹底されないといけないのに……。予約本が届いたと利用者宅に電話をした際、本人以外の家族が出た場合、絶対に書名を伝えないというほど、その意識は徹底しています。ですが館長は、他館で先進的事例として進んでいるという理由だけで、貸し出し情報の保存を決めてしまいました」

そんなところに問題があるのか。だが図書館が利用者の秘密を厳重に守るというのは聞いたことがあった。尾倉はそれに逆行していたようだ。

「もちろん、流出対策をきちんと取れば有効な試みかもしれません。ですが、館長は急いでこの取り組みを実施したので、明らかに準備が足りていませんでした。危険性を危惧《きぐ》する声も大きかったんです」

穂乃果の表情は不安そうだった。

「館長がこんな、司書ならしないことをしてしまったのは、司書資格を持っていないからです。尾倉さんは司書資格を持っていませんでしたが、実は図書館の館長になるために司書資格は必要ないんです。私は絶対に必要だと思うんですが、法律がそう決めているんです。だから、尾倉館長は誕生してしまったんです」

言い方に遠慮がない。よほど、行いに耐えかねているのだろう。

「ですが、どうしてそんな人が館長に選ばれたんでしょう」

俺は根本的な質問をした。いくら本人が館長になりたいと言っても、そう簡単になれるものではないはずだ。

「先ほど言ったように、尾倉さんは社会のためになる事業を行うと宣言していました。そこに目を付けたのが今の市長で、この市長は図書館の運営方針について長らく不満

を抱いていました。館長や職員が意見するせいで、市長の思い通りにならないという
ことでした。そこで、市長は尾倉さんを館長として雇う予定を立て、彼との関係を深
めて大改革の計画を立て始めたんです」
「そういうことだったんですね。まあ、司書経験がないのなら、色々分からなくても
仕方がないかもしれませんね」
経緯を知って納得した気分になったが、穂乃果は目つきを鋭くした。
「そんな甘いものじゃないんです。あの人は司書としてだけじゃなく、上司としても
最悪なんです」
どうやら、まだまだ言いたいことがあるようだ。
「他にも、司書資格のある正規職員を大量に解雇し、その分非正規職員を雇ったせい
で、ノウハウの伝達ができていないという問題もあります。正規で働いているのは私
と岡林さんだけで、日々の業務に忙殺されて、非正規の人たちに指導などしている時
間はありません。そして館長の職員への対応も問題がありました」
まだ問題があるのか。あまりの多さに心配になってきた。
「非正規には加賀美さんという三十代の男性職員がいます。彼は優秀な司書なんです
が、少しおっとりしているところがあって、館長や副館長にもよく叱られているんで

す。彼は利用者に優しく評判もいいんですが、館長や副館長はスピーディーでないと彼のことをいつも怒鳴っていて。事件の数日前には、加賀美さんはこっそり地下書庫の中で泣いていました。資料を取りに入って偶然見てしまったんですが、その時、彼の目は充血して真っ赤でした」

　岡林はその通りだと言いたそうに話を聞いている。

「そうでしたか。それは気の毒な……。ところで、その加賀美さんはどちらにいらっしゃいますか」

　俺はすかさず尋ねた。加賀美はカードキーを持っている六人のうちの一人なので、ぜひとも顔を見ておきたかった。

「あそこです。本に重しを載せている男性が加賀美さんです」

　岡林が小声で指差す先には、丁寧に作業を進める小柄な男性の姿があった。黒髪短髪で、体格はやせ型。目つきは穏やかで大人しそうだった。年齢は三十代半ばぐらい。彼は近付いてきた神野と話をしつつ、的確に蔵書修復を行っているように見えた。

「とにかく、管理職が現場を知らなすぎるのが良くないんです」

　穂乃果の話が再び始まった。俺はまた耳を傾ける。

「館長も副館長も、カウンターに立って貸し出しをすることは一切なく、利用者との距離が遠いんです。そこから生まれた数々の不都合なんですよ。まあ毎日カウンターに立てとは言いませんが、せめて部屋にこもらず、開館中の館内の様子ぐらいは見て回ってほしいですね」

不満が噴出していた。普段から我慢を重ねていたのだろう。

「また、これは問題ではないかもしれないんですが、館長は職員内で唯一の喫煙者だったんです。日に十回以上は図書館裏に煙草を吸いに出るんです。喫煙所で吸うのは利用者に対し体面が悪いから、裏手で吸うそうです。そもそもこの新図書館建設時に、彼が職員唯一の喫煙者だったから喫煙所を作ったというのに……」

火災現場で、煙草を吸おうとしてやめた尾倉の姿が脳裏に蘇《よみがえ》る。あの状況で吸いたくなるほどのヘビースモーカーだったということだ。

「すぐ吸いに行くので、決裁が欲しい時に大体不在で困っていました。そして火事になる恐れもあったので、ずっと不安でした。今回の火事も、彼の煙草の不始末が原因じゃないかと思ったぐらいです。まあ、本がたくさんあって、火事になれば大変な地下書庫で吸うはずはないとすぐに打ち消しましたが」

確かに、いくらヘビースモーカーでも危険性の高い地下書庫では吸わないだろう。

「ですが、館長はお気に入りのオイルライターを常に持ち歩いているので、火を起こすのは簡単だったと思いますよ。ライターなんて誰でも隠し持てるから参考にはならないかもしれませんけどね」

そう言いながらも、穂乃果ははっきりと疑ってほしそうな目をしていた。

「おっと、これでは館長を犯人だと言っているようなものですか。運営に不満を持った職員の犯行と言っておきながら、一貫していませんね。そもそも館長には、放火をする動機がないですから」

穂乃果は自嘲気味に笑った。確かに、自分が造った図書館を燃やす理由などない。

だがそこで、岡林がそう言えばと話を切り出した。

「気になっていたんですが、事件当日、館長はなぜか一切煙草を吸いに出ませんでした。珍しく館長室にこもっていて、火災発見時までトイレ程度にしか外に出なかったんです。職員の執務スペースから館長室のドアは見えるので、間違いないです」

愛煙家が一切吸わない。しかも放火殺人のあった日に。これは疑わしい。

「ありがとうございます。覚えておきます」

俺はメモを取った。岡林、穂乃果、神野、加賀美、そして館長の尾倉。まだ会っていない副館長の秦を含め、この六人の中に犯人がいる。そう考えると、図書館運営に関する問題は決して無関係ではないと思えてきた。

しっかり記憶に留めておこう。メモを取りながらそう心に決めた。

「図書館運営にも、色々あるんですね」

帰り道、ハンドルを握る志波がつぶやいた。

「そうですね。税金で運営されている以上、一定の成果を上げるのは必要なことです。そういう意味では、尾倉館長は正しいのかもしれません」

そう答えたものの、かつて図書館に世話になった身としては複雑な思いだった。

「ただ、職員や利用者の側からすれば問題もあるでしょう。公共施設が、利益の方向だけを向けばどうなるか。恐ろしい気がしますね」

小学生の時、明るい面だけを見ていた図書館という施設。しかしその裏では、利益と公共性を天秤《てんびん》に掛けたやり取りが行われていたのだ。

図書館という密室の中で、様々なことが繰り広げられている。少しの闇を見た気がした。

捜査本部に戻り、神野との関係を報告した。だが、小学生の頃の一時期、しかも司書と利用者という関係から、客と店員程度の関係だと思われたらしい。問題ないとの答えが返ってきた。捜査を外されるかもとすら考えていたので、拍子抜けだった。

自販機でコーヒーを買い、しばらく休憩した。ところが、急にあたりが騒がしくなってきた。いつも以上に捜査員が慌ただしく動き回り、電話を掛けている者の数も多くなっていた。

「何かあったんですか」

近くにいた捜査員を捕まえて訊くと、高揚した声が返ってきた。

「怪しい人物が見つかった。現在、その人物の行方を追っているところだ」

「怪しい人物？　何者ですか」

慌てて問うと、捜査員は早口で答えた。

「火災現場から逃げ去っていた人物らしい。金髪にピアスをじゃらじゃら付けた若い男だ」

そこで迂闊《うかつ》にも、ようやく思い出した。火災現場で、そのような風体の男とぶつかっていたことを。

あの男が事件に関与しているのか。危機感が込み上げてきた。

「氏名等は分かっているんですか」

矢継ぎ早に尋ねると、捜査員はメモ帳を取り出した。

「仁村《にむら》鱗太郎、二十六歳無職。住所は千葉県七川市一丁目……」

メモ帳に書かれた字面を覗き込みながら一瞬ドキッとした。あの図書館で同じ時間を過ごした鱗太郎かと思ったのだ。だが、名字が違う。図書館にいた彼は畠山だった。しかし、珍しい漢字を使った名前なので、すぐには安心できなかった。俺は話を聞き続ける。

「仁村はカードキーの所持者じゃない。しかし、火災が起きている図書館から真っすぐに走って逃げ去る姿が、駐車場の防犯カメラに映っていた。さすがに話は聞いておかなければならない相手だ。もしかしたら、カードキー所持者の誰かの手引きで地下書庫に入り、犯行に至ったのかもしれない」

確かにその可能性はある。怪しい動きをしている以上、聴取は必要だろう。

「ああ、そうそう」

捜査員がふと、思い出したようにつぶやいた。嫌な予感を覚えつつも、耳を傾ける。

「仁村だが、親の離婚で姓が変わっている。旧姓は畠山だから注意しておけ」

畠山鱗太郎――。そうそう一致するような名前ではない。あの鱗太郎が容疑者。まさかの事態に、俺は膝が震えるのを止められなかった。

断章一

学校を休んで図書館に通うようになって、一ヶ月が過ぎた。

最初は学校をさぼっているという後ろめたさがあったけど、慣れてくるとそれも薄れてきた。むしろ、自分を守るために必要なことだと思うようになり、前向きな気持ちが出てきたほどだ。

お父さんお母さんは、図書館通いを認めてくれた。正直に学校での出来事を話すと、無理して行かなくていいと言ってくれたのだ。僕の両親は優しく、素晴らしい人たちだった。

「あら、貴博くん。おはよう」

開館時間の十時を少し過ぎた頃。涼しくなってきた風を受けながら入り口をくぐると、カウンターにいた司書の神野さんが声を掛けてくれる。最初は何も言ってこなかった司書さんたちだけど、タイミングを見計らっていたのか少しずつ話しかけてくれるようになった。その判断が的確なので、すごいやと唸らされた。もちろん、学校に行っていないことについては何も訊いてこない。だから僕は、安心してここに通えるのだ。

　おはようございますと返事をして、書棚の間を足早に通り抜けていく。奥の方にある椅子のところまで行くと、先客がいた。

「鱗太郎、おはよう」

　挨拶をすると、うん……という小声の返事があった。相変わらず大人しい子だけれど、同じ境遇の同志として、親しみを覚えていた。

「今日は何を読んでいるの」

　隣の椅子に腰掛けながら尋ねる。彼は広げていた本を閉じ、無言で表紙を見せてくれた。子供向けの作品で、『バスカビル家の犬』と書いてある。

「海外の本？」

「シャーロック・ホームズのシリーズ」

　ぼそぼそと説明してくれる。詳しい作品名は知らないが、ホームズのシリーズなら僕も知っていた。

「名探偵の本だよね。ホームズとワトソンの名コンビ」

「そう。そのシリーズでも名作と言われている作品なんだ」

　どこか嬉しそうな口調になった。鱗太郎はミステリーが好きだというのは知っていたが、ホームズシリーズが特に好きなのかもしれない。

「そう言えば、僕の家にもホームズシリーズがあったかも。今度探してみようかな」

お父さんはミステリーを読むって言っていたし。そう思い出していると、不意に鱗太郎が傷付いたような表情になった。

「僕の家にも、もちろんあるよ。それに、ホームズシリーズの作者コナン・ドイルのサイン本だってあるんだ」

むきになるような声。また悪い癖が出たようだ。

「お父さんがサインをもらったんだ。サインの横に、お父さんの名前も書いてある」

残念だが、そんなことはないと思う。コナン・ドイルは昔の人だから、鱗太郎のお父さんの年齢では直接サインをもらうのは難しいだろう。

それでも、彼は自慢げにサインの話をする。また出てしまったようだ。嘘《うそ》つきの癖が。

鱗太郎はあまり自分から喋らないけど、優しくて素直な小学四年生だ。図書館に迷い込んだハエを殺さず、手で包んで逃がしてあげているのを見たことがある。学校ではきっとそんな性格で損をしただけなのだろう。間違いなく、悪い子ではない。

ただ、時々嘘をつくのが良くない癖だ。親が大金持ちだとか、どこにも売っていないゲーム機を持っているとか、自慢するような嘘を彼はつく。そうやって自分を守っているというのはよく分かる。でも、そんなことをしてしまうから学校で……。そこまで考えて、僕は激しく首を振った。学校でつらい目に遭う方が悪いなんてことはない。絶対にないんだ。

――お前は悪くないよ。

ふと、友達の言葉を思い出した。嫌な目に遭っていた僕に、こっそりとではあるけど手を差し伸べてくれた、榎本裕也《えのもとゆうや》という同じクラスの親友のことを。

裕也は今、僕の家にプリントを届けてくれる。どんなに天気が悪くても、配られたプリントがあれば律儀に持って来てくれるのだ。本当は話をしたいのだけど、申しわけなくて顔を見せられない。学校を休むようになってから、一度も会っていなかった。

――こんな場所にいていいんだろうか。

ふとそう考えてしまったが、これもまた首を振って打ち消す。今は、この場所が僕にとっての一番なんだ。そう信じ、僕は腰を上げた。

「ねえ。シャーロック・ホームズ初心者は、どれから読めばいいかな」

なおも嘘の自慢をしたそうな鱗太郎に言葉をかぶせて、質問をした。彼は残念そうだったけど、いくつかの短編集の名前を挙げ、お薦めしてくれた。

「ありがとう」

礼を言いながら、やっぱりここが今の僕の居場所だ、と思った。


「ふうん。名探偵ね」

穂乃果は半ば呆《あき》れたような声で返事をした。学校が終わった後の午後四時頃。相変わらず図書館内には穏やかな空気が流れていた。

「それで、貴博は名探偵になりたいっていうこと?」

首を捻った彼女に対し、僕は全力で頷いた。

「そうなんだ。シャーロック・ホームズシリーズを読んだらめちゃくちゃ面白くて。探偵になってみたくなったんだ」

興奮が伝わるよう、熱意を込めて語る。だが、なぜか穂乃果のトーンは冷たい。

「これだから男子は」

その一言はグサッと来たが、それだけでしぼむほどの覚悟じゃない。

「図書館内にも、きっと謎はある。探偵団を結成して、謎を解こう」

拳を突き上げると、ますます冷ややかな視線が突き刺さった。でも、もう後には引けない。

「しょうがないな。勝手に暴走されたら迷惑だから、監視役としてついて行ってあげる」

穂乃果は大きな溜息をつく。それにしても、彼女は正直者で、嘘がつけない。鱗太郎とはある意味真逆だ。

穂乃果は、学校帰りにいつも図書館に寄っている。外で友達と遊ばないのかと訊きたくなる時もある。でもまあ、この性格だと周囲と仲良くするのは難しいかもしれない。だけど、親が遊びに行けというものだから、ごまかすために渋々ここに来ている。

そんな風に想像していた。

「それじゃあ、探偵団の最初の事件だ」

穂乃果と鱗太郎を集めて、僕は宣言した。

「図書館に来るのに、一切本を読まないおばあさんの謎を解こう」

穂乃果は目をぱちぱちさせて、不満そうに肩をすくめた。

「そんなの個人の自由じゃない。わざわざ謎を解かなくても……」

「だけど、他に謎が見つからなかったんだよ」

言いわけを口にしつつ、窓際の椅子に座るおばあさんの方を見た。今日も朝から来ていた彼女は、本を一切手に取らず、昼食を取りに行った時以外はずっとぼうっとしている。歩く時は杖《つえ》を突きながらで動きはゆっくり、椅子に座ったらほとんど動かなくて、スローモーション映像みたいな人だなと感じた。

「まずは聞き込みからだ」

渋る穂乃果と鱗太郎を引き連れて、カウンターにいる神野さんのところに行った。

「あそこにいるおばあさん、どうして本を読まないの」

素直に問い掛ける。神野さんは優しいから教えてくれると踏んでいたけど、彼女はうーんと困ったように頭を掻いた。

「利用者さんに関することまでは、さすがに教えられないかな」

よく考えれば当然だ。となると、司書さんへの聞き込みは意味がないことになる。

「こうなったら、本人に直接訊こう」

気持ちを切り替えて、僕たちはおばあさんのところに向かった。穂乃果はやる気なしで、鱗太郎はおどおどしている。僕が頑張らないと謎は解けそうになかった。

「あの、すみません」

声を掛けると、少し間が空いてから返事があった。

「私に用事かな」

眼鏡《めがね》を掛けたおばあさんは、穏やかな声で返事をした。

「はい。あの、どうして図書館で本を読まないのかなと思いまして」

おずおずと尋ねると、おばあさんは面白そうに笑った。

「ほう。よく気付いたね。なかなか観察力がある」

褒められて嬉しかった。観察力抜群の名探偵、という称号をもらった気分だ。

「何照れてるの。お世辞に決まっているでしょ」

穂乃果が脇腹を突いてきた。折角、人が良い気分になっているところを。

「そうだね、それじゃあ私がどうして本を読まないか、当ててみてごらん」

急に推理を求められた。だが、望むところだ。

「おばあさんは文字が読めないいんじゃないですか。昔はそういう人も多かったそうですし」

「なるほど。でも私は文字は読めるわよ。高校までは出ているからね」

そうだったのか。頑張って考えた推理が間違っていて、言葉に詰まってしまう。

「この図書館の建築に関わった人なんじゃないかな。本を読みに来たんじゃなくて、建物を見に来ているのよ」

僕に代わって、穂乃果が口を開いた。なかなか良い発想だ。でも、おばあさんは首を振った。

「残念。私はずっと専業主婦で、建築関係の知識はないのよ。ちなみに、家族の誰かが建築に関わったわけでもないし、建築マニアでもない」

ニコニコと微笑《ほほえ》みかけられる。僕たちの推理を聞くのを楽しんでいるようだ。

「それにしても、あなたたち二人は賢いわね。きっと近いうちに、謎を解いてしまいそうだわ」

僕と穂乃果は顔を見合わせた。後ろにいる鱗太郎が、「賢い」に入れられなかったからだ。

鱗太郎は悔しそうな顔をしている。そりゃ、推理は披露せず黙っていたけど、「賢い」に入れないのは酷いんじゃないか。もしかして、以前に鱗太郎に嫌な思いをさせられたことがあって、その仕返しとして意地悪をしたんだろうか。意図が見えなかった。

「僕、あのおばあさんに嫌われているみたいだ」

数日後、鱗太郎から相談を受けた。何でも、「賢い」に入れてもらえなかったことを気にしていた彼は、一人でおばあさんと話をしに行ったらしい。でも、いざ近付くと怖くなってきて、面と向かったものの声を掛けられずもじもじしていたそうだ。

ただ妙なのは、そこでおばあさんが声を掛けてこなかったことだ。すぐ目の前で子供がもじもじしているのに、無視を決め込む。よほど鱗太郎を嫌っているとしか思えなかった。

「うーん。新しい謎が出てきたな。なぜ、おばあさんは鱗太郎を嫌うのか」

考えたものの、どうも状況が不自然なように思えてきた。いくらなんでも、小学四年生の子供相手に無視を決め込むだろうか。ひょっとしたらこれは、彼の悪い癖である嘘じゃないのか。

「あの、それって本当のこと、だよね」

鱗太郎を傷付けないよう、柔らかく質問したつもりだった。だが、彼は顔を引きつらせた。

「あ、いや、疑ったわけじゃなくて」

ごまかそうとしたが、それより先に鱗太郎が走って行ってしまった。悪いことしたかな。そう思うものの、無視されたというのは嘘のような気がしていた。

その日の放課後、穂乃果は図書館に来るなり、いきなり僕の肩を摑んで外に連れ出した。

「何だよ、痛いじゃないか」

文句を言う僕を図書館から充分離れた場所まで引っ張り、穂乃果は溜息をついた。

「あのおばあさんが本を読まない理由、分かったよ」

痛みも忘れて、ええっ、と声を出してしまった。ちなみに、僕はまだ謎が解けていない。

「どんな理由だったの」

慌てて問うと、穂乃果は呆れたように言った。

「人の事情をあれこれ調べるのは、あんまり良いことじゃない。でもこのままだと貴博が暴走しておばあさんを傷付けるかもしれないから、答えを伝えておく。あのおばあさんはね、目が見えないの」

背筋がヒヤッとした。目が見えないから本が読めない。そんな繊細な事情を、僕は軽い気持ちで解き明かそうとしてしまったのか。

「おばあさんは、目の前に私、貴博、鱗太郎がいたのに『賢い』のは二人だと言った。普通、三人いることは目に見えて分かっているんだから、そんなことは絶対に口にしないはず。でも確かに二人と言ったんだから、考えられる可能性は一つ。三人いたことが、目に見えていないのよ」

　鱗太郎は、あの時一言も発言しなかった。だとしたら、目が見えない人にとって、その場にいたと分かるのは、声を出していた僕と穂乃果だけだったことになる。そうなれば「二人」と言ったのも納得だ。

　一人で行った鱗太郎を無視したというのも、彼のことが見えていなかったからだ。鱗太郎は声を出さなかったので、気付かれなかった。

　嘘じゃなかったんだ。僕は鱗太郎を傷付けてしまったことを深く反省した。

「あの後、裏付けをするためにおばあさんを観察していたけど、間違いなく目が見えていない。自信を持って断言できる」

　きちんと観察までして推理を確かなものにした。その丁寧さには恐れ入る。

　それでも、湧いてくる「なぜ」は我慢できない。疑問が口を突いて出た。

「でも、目が見えないのにどうして図書館に来ているの」

　穂乃果は若干の軽蔑《けいべつ》の視線を送ってくる。しかし、これは言っておくべきだとばかりに彼女は答えた。

「それは分からない。知りたかったら、本人に直接訊くべきでしょ」

　目が見えないんですね、などと直接言うのは気が引ける。だが、ここまで考えてきて、最後の謎を捨てるのも惜しかった。

迷っていると、図書館の入り口の方からコツコツと地面を叩《たた》く音が聞こえてきた。

「その答えは、私が言おうじゃないか」

あのおばあさんだった。杖を突きながら、声を頼りにこちらへやって来る。

「お嬢ちゃんの考えている通りだよ。私は目が見えない。だから本を読むことができないのよ」

手探りで、近くにあったベンチに座ろうとする。僕と穂乃果は手伝って、彼女の腰を下ろさせる。

「ありがとう。目は随分前に病気で失明してね。だけど、その前は私も読書好きだったのよ。本が好きという共通の趣味を持った夫と、よく図書館に通っていたのよね」

懐かしく思い出すような口調だった。

「だけど、夫を亡くして、目も見えなくなって。一時期は生きていても意味がないとまで思い詰めた。でも、やっぱりここのことが忘れられなかったのよ。夫と通った、この思い出の場所が」

だから、目が見えなくても通い続けた。図書館は、おばあさんにとって本を借りるだけの場所ではない。思い出であり、居場所そのものなのだ。

「あなたたちにとっても、図書館は大事な居場所でしょ。昔、あなたたちみたいにここに通っている子供がいたけど、その子もここは特別な場所だと言っていた。私にとっても、それは同じなのよ」

おばあさんは、皺《しわ》だらけの顔に優しい笑みを浮かべた。


「鱗太郎、嘘つき扱いしてごめん」

図書館前のベンチで、深々と頭を下げた。鱗太郎は戸惑って別にいいよと言ってくれたけど、それで許してもらえたとは思っていない。

「友達のことを疑うなんて最悪だ。僕は鱗太郎のことを大事な友達だと思っているのに」

謝罪を続ける僕だったが、その肩に手が載った。

「いいよ。僕は平気だから」

鱗太郎の手だった。でも、と顔を上げたところ、嬉しそうに笑っている彼の顔が目に入った。

「それに、僕のことを大事な友達だって思ってくれているのが分かったし。それとおあいこでチャラにしよう」

あっ、と間抜けな声が漏れた。必死に謝るあまり、大事な友達だと素直に口にしてしまった。普段なら恥ずかしくて絶対に言えない言葉だ。

「僕、おばあさんとも思い切って話をしてみたんだ。そうしたらすごく良い人で、仲良くしてくれるんだって」

鱗太郎は白い歯を見せた。少しだけど、彼も成長できたようだ。

「それに、前にも学校に行けずに図書館通いをしていた小学生がいたらしくて、その子のことが懐かしいみたい」

おばあさんが言っていた、僕たちみたいな子供のことだ。もうその子は通っては来ないのだろうけど、おばあさんは僕たちとその子のことを重ねているに違いない。

「だけど、謎を解いたらこんなに良いことがあるなんて。すごいや」

鱗太郎は興奮気味に言った。彼にとって今回の謎解きは明るい意味を持つのだろう。

「だけど、人の秘密を調べるのはもういいや。名探偵も楽じゃないからね」

疲れ果ててそう言った。すると穂乃果が、僕の肩を肘《ひじ》で突く。

「推理をしたのは私だからね。名探偵はあなたじゃなくて、私」

そうに違いない。僕たちは声を上げて笑った。

今にして思うと、平和な時間だった。三人で楽しく過ごした日々。それがどれだけ貴重なものになるかを知らず、僕たちは図書館に通い続けた。

やがて訪れる事件、そして別れを予感しないまま、僕たちは笑っていた。

# 第三章　嘘つきな容疑者

嘘つきな容疑者

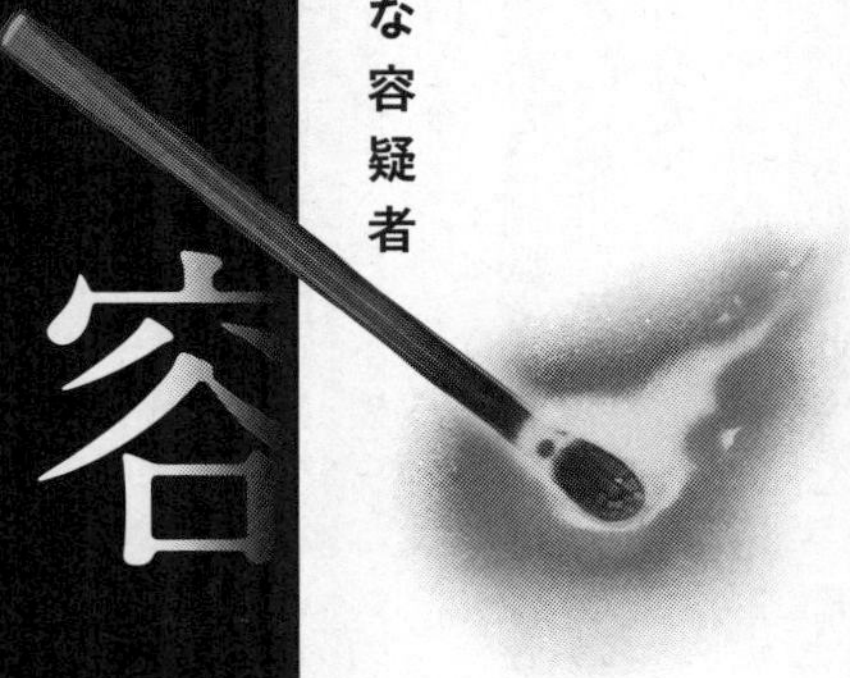

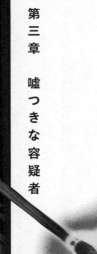

火災現場でぶつかった、金髪でピアスをたくさん付けていた男。

俺はその顔を何度も思い出していた。ぶつかったのは一瞬の出来事だったが、懐かしい気持ちになったので顔は比較的印象に残っていた。記憶を再生すると、確かに子供時代の畠山鱗太郎によく似ていた。金髪とピアスのせいで分かりづらくなっていたが、彼と見て間違いないだろう。

だが、彼が放火殺人犯だとは到底考えられなかった。ハエを殺さずに逃がすほどの心優しい少年が、そんな酷い犯罪を行うとは思えない。いや、思いたくなかった。

「仁村鱗太郎。旧姓畠山鱗太郎は、二十六歳の男性。現在は母親と同居しています」

捜査員の声が響いた。今は捜査会議の真っ最中。鱗太郎との関係は、穂乃果の時と同じく小学生の頃の一時期のものと判断されて、俺はここにいる。

「職業は無職。周囲には小説家志望とうそぶいているようですが、文学賞の受賞歴や選考通過歴の実績はありません」

無職の小説家志望だというのは初耳だった。長らく会っていないうちに、彼にも色々あったのだろう。

「仁村は小説家志望と称しているだけあって、図書館はよく利用していたようです。近隣住民が彼をよく見かけていたとのことでした。作品作りのためにと、火事についての本を多く借りていて、火でもつけるんじゃないかと冗談交じりに言う人も多かったそうです。司書に、火事についての質問もしていたようです」

恐らく、穂乃果に火事についてのレファレンスサービスを頼んだのも鱗太郎だろう。そして、穂乃果が鱗太郎のことに気付いていたのかも気になる。図書館をよく利用していたなら、彼女と何度もすれ違っていたはずだ。レファレンスサービスを頼んでいたともなれば、なおさらだ。確認しておく必要がある。

「仁村は、図書館に小説執筆のための取材を申し込んで、断られるという場面も目撃されていました。恨みがあったことでしょう。今日にも任意聴取が可能ですが、どういたしましょう」

捜査員は前のめりだ。しかし、幹部らは慎重だった。

「早急に動くな。鑑取り班に裏付けを取ってもらおう。図書館職員に、仁村の話を聞いて来るんだ」

指示が飛んだ。鱗太郎を疑って捜査をするのは苦痛だった。それに、そのことを穂乃果にも質問しないといけないとなると二重の苦しみだ。遠慮したかったが、コンビの志波の前では逃げることもできない。

「ああ、それと瀬沼。お前に頼みがある」

不意に、捜査一課長から声が飛んだ。姿勢を正すと、彼はとある指示を下した。

そんなことをしていいのか。不安になる命令だった。

しかし、警察組織で上司命令は絶対だ。俺は、志波を連れて再び市役所に向かった。


市役所に着いて真っ先に向かったのは、作業室ではなく別の部屋だった。個室を用意されているその部屋の主は、ノックをするとすぐに、どうぞと張りのある声で出迎えた。

「失礼します」

部屋にいたのは、館長の尾倉だった。彼は特別に個室を用意されている。

俺と志波が名乗ると、彼は素早く頭を下げる低い姿勢を見せた。

「警察の方でしたか。わざわざご足労いただきありがとうございます」

彼は名刺をさっと取り出し、志波に手渡した。

「そちらの方は、火災現場でお会いしましたね。名刺もお渡ししたかと」

俺を一目見るなり、そう言い切った。現場では憔悴しているように見えたが、さすがは元敏腕経営者だ。

「あの時はお見苦しい姿をお見せしました。それで、ご用件は何でしょう」

低姿勢で訊いてくれたので、幸か不幸かスムーズに話が切り出せた。

「仁村鱗太郎という人物の貸し出し記録を知りたいんです」

鱗太郎が本当に、火事の本を借りていたかを確認するための要求だ。

「承知しました。当館は貸し出し記録を先進的事例として保存していますので、お見せすることも提出することもできます」

尾倉は何も知らない顔で頷いた。

「ではデータをお見せしますね」

パソコンの前に行き、貸し出し記録を呼び出す。画面が表示される、と思った次の瞬間。

「館長、待ってください」

ドアを勢い良く開けて、穂乃果が部屋に入ってきた。束ねられた黒髪が高く揺れる。

呆気《あっけ》にとられる俺たちの前を横切り、彼女は尾倉をパソコンの前から引き離した。

「貸し出し記録を部外者に見せるのはやめてください」

断固とした口調でそう言い、彼女は画面の中のウインドウを消した。

「何をするんだ、島津」

尾倉が顔を赤くして怒鳴った。だが、穂乃果は一歩も引かない。

「図書館の自由に関する宣言、第三条」

「はあ？」

「『図書館は利用者の秘密を守る』」

やはり司書である彼女は知っていた。尾倉の行動が最大のタブーであることを。

「図書館は、利用者の貸し出し記録を部外者に見せてはいけないんです。図書館の自由に関する宣言に明記されています。どんな本を読んだかは、思想・信条に当たる重要な情報ですからね。みだりに他人、ましてや捜査機関に提示するものではありません」

俺も知っていた。岡林と穂乃果に聴取した時に出た話であるのもそうだが、小学生だった頃、司書の神野から教えてもらったことでもある。図書館団体は、職員が貸し出し記録を令状なしで漏らす刑事ドラマに異議を唱え続けており、ドラマのその回が欠番になるなどの影響が出ている。

「刑事さんたちが部屋に入るのを見て、嫌な予感がして立ち聞きしていたんです。館長、それは図書館の在り方の根底にかかわる重大事ですよ」

恐らく、この部屋で唯一事情が分かっていない尾倉は早口でまくし立てた。

「人が一人死んでいるんだぞ。業界の宣言に過ぎないものを守って、捜査に協力しないというのもどうかと思うな。情報提供をする方がよほど良心的だろう」

彼らしい反応だった。理屈としては成り立っているが、元が知識不足によるものなので説得力は薄い。そして、このような態度を想定して、捜査一課長は貸し出し記録を出させるよう命じたのだ。

「このまま提出すれば、後で図書館の名を汚す大問題になります」

穂乃果は机を叩いた。尾倉は徐々に勢いをなくし、やがて大きく息を吐いた。

「仕方がない。そこまで言うのなら、貸し出し記録の提出はやめる」

これ見よがしに舌打ちまでした。それでも穂乃果はほっとした様子だった。

とはいえ、安堵《あんど》はしたものの彼女は怒っているようだ。視線が交わったが、鋭く睨《にら》み付けられた。

「刑事さんたち、もういいでしょう。私たちは忙しいんです」

彼女は素っ気なく言い放つ。だが、こちらも収穫なしでは帰れない。

「それでは、これを使うしかなさそうですね」

俺はカバンから紙を取り出した。それを両手で広げ、尾倉の前に差し出す。

「捜索差押令状？」

尾倉が戸惑ったように目をしばたたいた。

「館内の防犯カメラ映像を提出してください」

火災の中でも、防犯カメラ映像が残っていたことは調べが付いている。尾倉が戸惑いながらも頷きかけた時、穂乃果が割って入ってきた。

「防犯カメラ映像も、利用者の秘密に当たります。提出しないでください」

「そういうことでしたら、令状を根拠に強制的に捜索することになりますが、問題ありませんか」

少し脅すと、彼女は刺すような視線を送ってきた。

「妥協案ということですか。よりセンシティブな貸し出し記録ではなく、防犯カメラ映像についてのみ令状を取る。そうすることで、防犯カメラ映像なら出してもいいかと思わせる作戦ですね」

「いえ、当然の行動です。通例では、令状があれば図書館は防犯カメラ映像も提出するということになっているはずですから」

穂乃果がじっと睨んでくるので、こちらも睨み返した。こんなことはしたくないが、仕事なので仕方がない。

「分かりました。防犯カメラ映像を提出しましょう」

尾倉が大きく頷いた。志波が鑑識に連絡し、データコピーの作業を依頼した。

防犯カメラ映像の提供を受けられることになり、県警は何とか面目を保てた。とはいえ、利用者の秘密という面を考えると微妙なところだ。穂乃果はずっと渋い顔をしていた。

「全て知っていて貸し出し記録の提出を求めたんですよね」

尾倉の部屋を後にしてからも、穂乃果はついて来た。文句を言いながら、俺と並んで歩く。

「こんなことは金輪際やめてください。図書館の自由を脅かす気ですか」

廊下中に響く声で言う。志波もどう扱っていいものか測りかねていた。

「大体、館長の無知につけ込もうなんて発想が卑劣だよ。そんな酷い刑事になったなんて、がっかり」

志波の前だというのに、タメ口になってしまっている。怪訝そうな彼に向かって、俺は先に行ってくれと手で示した。

「では、車で待っています」

志波が去り、周囲に誰もいなくなってから彼女と向き合った。

「相変わらずだな、穂乃果。昔と何も変わらない」

「何。昔話でもしてごまかす気？」

彼女は腰に手を当てて、怒ったように眉を吊《つ》り上げていた。

「貸し出し記録のことは、上司命令だったんだ。勘弁してほしい」

「ふざけないで。データの提出を実際に要請したのはあなた自身でしょ。人のせいにして言い逃れできると思ってるの」

「だけど、図書館が証拠を提出してくれないと、捜査が進まないんだよ」

「それは言いわけでしょ。捜査が進まないのは、図書館じゃなく警察の能力のなさが原因だよ」

好き勝手言ってくれる。図書館の自由よりも、人の生死がかかわる捜査の方が優先されるべきじゃないか。そう刑事としての自分が反論したくなる。

でも、そうやって図書館を守ってくれる人がいることで救われる者もいる。そのことは、俺自身が一番分かっている。穂乃果が尾倉を止めたことで救われたのは俺の方だ。

「悪かった。穂乃果が館長を止めてくれて助かったよ」

「そんなこと言うぐらいなら、最初から上司に反対しなさいよ」

館長相手にでも食って掛かった彼女が言うと説得力がある。

「だけど、せめて防犯カメラ映像がないと犯人が分からないんだ。そこだけは許してほしい。それとも、穂乃果は犯人が分かったのか」

からかい半分、期待半分で問い掛ける。かつての名探偵の答えやいかに――。

「犯人は、まだ分からない」

やはりそうか。落胆と同時にどこかほっとした。いくら彼女でも、警察の上を行くことはできない。

「だけど、密室トリックは分かったかも」

俺は目を見張った。密室の詳細がニュースで報じられてしまっているとはいえ、一般人が考え付くものなのか。

「どんなトリックなんだ」

動揺を隠せないまま問う。穂乃果は溜息をついた。

「刑事が一般人に、それを聞く？」

確かにそうだが、八方塞がりの密室捜査においては、彼女の名推理は助けとなるかもしれない。

「教えてくれないか。そのトリック次第では、犯人逮捕に大きく近付くかもしれない。穂乃果だって、図書館を燃やした犯人には早く捕まってほしいだろ。被害者や、その他被害に遭った人たち、それに多くの本たちの無念を晴らすためにも、協力してほしい」

「それはそうだけど」

少し考えるような間が空き、再びの大きな溜息が漏れ出た。

「しょうがないな。貴博だから特別ね」

周囲を気にしつつ、穂乃果の推理が披露された。

「犯人は、スチール棚を斜めにして入り口ドアに立て掛けて、ドアを閉めた後にそれが自動で滑り落ちる仕掛けを作ったの」

俺が考えたトリックと同じものだった。ここに即座にたどり着ける穂乃果は、やはり本物の名探偵だ。

ただ、それだと俺が否定されたように密室は成立しない。

「だけど、それだと運に頼りすぎていて……」

「分かっている。運じゃなく、確実にスチール棚を倒す仕掛けがあるから、黙って聞いていて」

彼女は自信満々に語り続けた。

「スチール棚を斜めにして立て掛けた状態だと、ドアはスチール棚をずらして少し開けることができる。犯人はその隙間から脱出したというのが発想の根本。でも、これだとスチール棚が倒れるかどうかは運次第だから、密室が成立しない」

先のトリックを否定した上で、どんな発想を披露してくれるのか。俺は期待して説明を待った。

「そこで犯人は、スチール棚の下と後ろに大量の本を置いて、バランスを取って棚が倒れないようにしつつ、限界まで傾けたの。それらがなければ絶対に倒れるぐらいのバランスでね。そして殺人と放火を行い、ドアの隙間から脱出した。すると、地下書庫内で燃え盛った炎が、スチール棚を支える本を燃やして、支えを失わせる。スチール棚は自然とずり落ち、最終的には完全に倒れる。そうなると、ドアと一番近い書棚の間にスチール棚が挟まって、密室が完成するっていう仕組み。犯人は、一番近い書棚までの距離を事前に測っていたんだろうね。

地下書庫内では大量の本が燃えているから、ドアの前の多少の本の燃えカスは気にされないという考えの下でのトリックだね。どうかな」

正直、嬉しかった。俺にとっての名探偵・島津穂乃果は、大人になった今もその力を失ってはいなかった。

「さすがだよ。俺には到底思い付かない発想だ」

【 地下書庫入り口付近 立面図 】

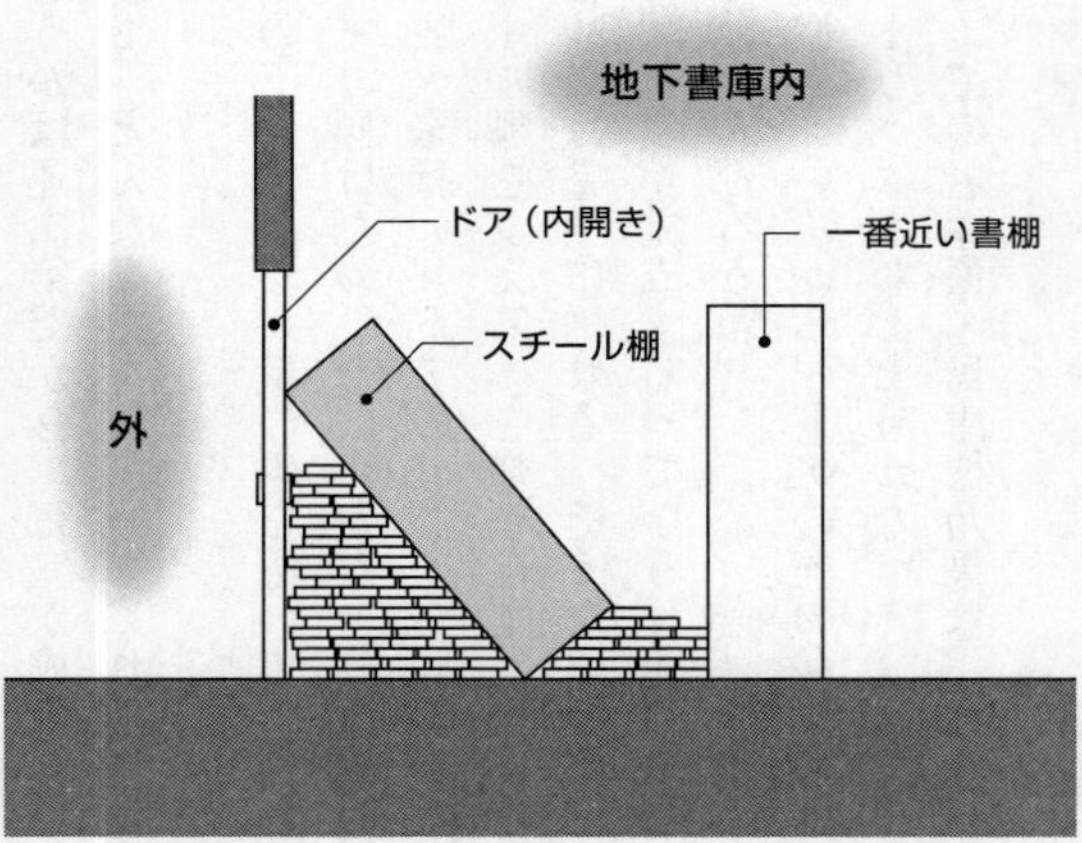

「そう？　ありがと」

　まだ怒っているようではあるが、ようやく彼女は笑顔を見せる。ただし、俺は、でも、と言葉を続けた。

「残念だけど、そのトリックは実現不可能なんだ」

　穂乃果の表情が翳《かげ》った。どうして、と顔が語っている。

「現場のスチール棚の近くには、本の燃えカスが少ししかなかったんだ。もし棚を支えられるほどの数、本が置かれていたのなら、燃えカスはもっと多くなるはずなんだ」

　彼女は考え込んだが、打開策がないと見るや、早々にお手上げのポーズを取った。

「それなら確かに無理だね。やっぱりニュースだけじゃ完全な情報は手に入らないか」

　本の燃えカスのことは報道されていない。公開されている情報だけを根拠にするなら、穂乃果の推理は正解だった。

「でも、否定できる根拠をすぐに思い付く貴博はさすがだね。だてに刑事をやってない」

　素直に褒めてくれた。こういう実は優しいところも変わっていない。

「で、一番話したいのはこんな話じゃない。鱗太郎のこと」

　ようやく本題に入れたとばかりに、彼女は勢い込んで話し出した。

「さっき聞いちゃったけど、鱗太郎の貸し出し記録を手に入れようとしていたよね。ということは、鱗太郎が疑われているの」

これについては、さすがに答えられない。だが、沈黙がそのまま肯定の意味を示してしまっていた。

「やっぱり、疑われているんだ。あの子が殺人なんてできるはずないのに」

穂乃果は腰に手を当てて、怒ったように言った。

「そう言えば、訊きたかったんだけど」

まずい流れを断ち切るべく、温めていた質問を口にした。

「穂乃果は、大人になった鱗太郎の存在に気付いていたのかな。職員と利用者なら、何度もすれ違ったりしていたと思うけど」

穂乃果は、苦いものを嚙《か》んだような表情を浮かべた。

「気付いてはいた。大学で司書資格を取って、七川市立図書館に採用されたのが五年前。その時に久しぶりに図書館に行ったら、彼がいた。金髪でピアスをじゃらじゃら付けて、虚ろな目をしていた。あの子に似合わない、強がっただけの格好だっていうのはすぐに分かった」

肩をすくめながら、彼女は説明した。

「私のことには気付いていないみたいだった。貸し出し処理をしたり、レファレンスサービスもしたりしたけど、向こうからは声を掛けてこなかったから。まあ、私が小学五年生の時以来だから、分からなくても仕方ないよね」

俺が六年生、穂乃果が五年生、鱗太郎が四年生。出会った時の学年だ。

「あるいは私に気付いてはいたけど、自分の方が気付かれていないと思ったのかも。彼は見た目も名字も変わっていたからね。でも、ひょっとしたら、自分でも気付かれていると分かっていたのに声を掛けてこなかった可能性もあるよ。だって、あの年の冬に貴博は図書館に来なくなって、私も急な引っ越しで遠い町に移ったから」

胸がちくりと痛んだ。そう、三人が出会った年の冬、俺たちは別れ別れになった。図書館通いをやめた俺は、意図的に図書館を避け、穂乃果は噂に聞いていた通り引っ越しをしていて、距離的に通うことができなくなっていた。

「鱗太郎は一人になったんだよね。やっぱり私たちのこと、恨んでいるのかな」

落ち込みがちにつぶやく。考えすぎだと励ましてあげたかった。だが、その不安は俺にもずっとあった。そして俺は、意図的にそれと向き合わないようにしてきた。今ここで安易な慰めなどできるはずがない。

「罪滅ぼしじゃないけど、私は大学で司書資格を取って、この町の図書館に戻ってきた。心のどこかでは、鱗太郎が待っていてくれて、笑顔で迎えてくれるのを望んでいたのかもしれない」

自分を罰するように、彼女は左腕を強く摑む。それを見ていると我慢ならなくなった。

「すまなかった」

深々と頭を下げる。六年生のあの冬から、ずっと取りたかった行動だ。

「もともとは、俺が図書館に行かなくなったのが元凶だ。穂乃果は何も悪くない」

下げた頭の向こうで、彼女が息を呑《の》むのが分かった。

「もういいよ。謝られても何も変わらないし」

そう言ってもらえたが、これでは気が治まらない。

「何かできることはないか」

思わずそう問い掛けると、穂乃果は間を空けてからふうんと考え込むように言った。

「できることがあれば、言うことを聞いてくれるの」

「ああ。もちろんだ」

嫌な予感はあったが、そう答えるしかなかった。

「でも、無理でしょ」

彼女は信じていないようだった。思わず小学生の頃を思い出してムキになってしまう。

「そんなことはない。頼みは聞くよ」

「鱗太郎の家に一緒に行ってほしい、って言っても?」

ぐっと言葉に詰まった。刑事である俺が、捜査対象の家に行くのはさすがにまずい。

「それは、難しいかな」

「ほら、無理でしょ」

穂乃果は強気な調子でそう言ったが、すぐに反省したように語気を弱める。

「ごめん。無茶なことをお願いしたね。立場上それができないっていうのは分かってた。今のは八つ当たり」

彼女は頭を下げる。束ねた黒髪が宙で揺れた。

「実は私、図書館の火事の後から、鱗太郎の住んでいるアパートに通っているんだ」

顔を上げた穂乃果は、予期しなかったことを口にした。

「市役所から徒歩で五分ほど。年季の入った二階建てアパート。そこでお母さんと一緒に暮らしている」

両親が離婚したとは聞いていたが、古いアパートに住んでいるあたり、お金に余裕はないのだろう。鱗太郎は仕事をしていないようだし。

だが、そこで俺は不意におかしなことに気付いた。

「でも、どうして住所が分かったんだ。まさか、図書館の利用者情報を盗み見て……」

戸惑っていると、見透かされたように睨まれた。

「そんなわけないでしょ。偶然、仕事帰りにアパートに入っていく鱗太郎を見かけただけ」

それなら良かった。確かに、芯の通った彼女にデータの盗み見は似合わない。

「それで、会えたのか」

ここでようやく、一番気になっていたことを訊く。しかし、穂乃果は残念そうに首を振った。

「会えなかった。最初は日中、修復作業の休憩中に会いに行ったんだけど、いつもどこかに出掛けていた。お母さんが玄関まで出て来てくれたから鱗太郎の友達として、話したいことがあるから会いに来たって言ったんだけど、どこに行っているかは知らないって」

働いていない鱗太郎が、昼間に常に外出している。これは気になる話だった。図書館はもう燃えてなくなっているので、他に通うところがあるのだろうか。

「あ、でも、夜に会いに行けば会えるんじゃないか」

ふと思い立って言ったが、穂乃果は、だめだった、と答えた。

「その後、夜に会いに行ったんだけど、ドアを開けてもらえなかった。お母さんにも、ドアを開けないよう頼んでいるみたい」

出て来てくれないのでは対処のしようがない。困った状況だ。

「とにかく、ドア越しにでも、お母さんには繰り返し伝えている。友達として会いに来たって。鱗太郎には伝わっているはずだから、リアクションがあってもおかしくないんだけど」

「やっぱり、俺たちのことを恨んでいるのかもな」

思考が悪い方向に転がっていく。何度訪ねられても会う気がないのかもしれない。

「まあ、鱗太郎のところには私が通い続けてみる。いつかは出て来てくれるかもしれないし。もし会えたら、鱗太郎を信じているから、真相を明らかにするために、警察では正直に話してほしいってお願いしてみるね」

結論としては、そうまとめるしかないだろう。だが展望は見えない。穂乃果も不安そうだった。

「鱗太郎のことは任せてね。貴博は、捜査の方を頑張って」

空元気なのだろうが、大きな声を出す。ついでに背中を軽く叩かれた。

「ああ、頑張るよ。じゃあ、また」

後ろ髪引かれる思いはあった。しかし、俺にはまだやるべきことがある。手を振り、彼女の前から去って行った。


次の捜査会議。まず議論されたのは密室トリックについてだった。

ニュースでも報じられ、解決が急がれる密室の謎の解明。俺は穂乃果の推理を、一《いち》縷《る》の望みを託して提示した。自分でも否定したものだが、もしかしたら実現可能かもという淡い期待に懸けたのだ。だが、

「スチール棚付近の本の燃えカスの量からいって、明らかに不可能ですね。確かに本の燃えカスは一定量ありましたが、そのトリックを実行するには量が少なすぎます」

鑑識課員によって、呆気なく否定された。俺が考えたのと同じ理由で。

「スチール棚付近に、それ以外の不自然な残留物はありませんでした。全て、近くにあったものの残骸や燃えカスばかりです」

それでは本以外の、コンクリートブロックや発泡スチロールを支えにしたというト

リックも成り立たない。穂乃果の推理は残念だが間違いだった。

「ちなみに、そもそも問題のスチール棚はどうして地下書庫にあったんだ。他の多くの書棚と違って、固定されていなかったんだろう」

捜査一課長の質問に、捜査員の一人が起立して答えた。

「問題のスチール棚は、地下書庫の書棚が一杯になったので臨時に購入されたばかりのものです。だから他の書棚は床に固定されているのに、それらは固定されておらず移動可能だったんです。同様の臨時購入の書棚はいくつかありまして、入り口脇の左右にあった、同じくらいのサイズの木製書棚も同様です。こちらも固定されておらず移動可能でした。結局、全て燃えてしまったそうですが」

捜査一課長は、分かったと言って捜査員を座らせた。そしてさらなる密室トリックを期待するように周囲を見たが、誰も手を挙げないので、話題を別の方向に向けた。

続けて話し合われたのは、分析された防犯カメラ映像のことだった。館長の尾倉に令状を示して提出させたものだ。

だが、館内の防犯カメラはもともとの設置台数が少なく、事件当時の様子の確認は難しかった。入り口や利用自由の書棚が並ぶ開架と呼ばれるエリア、ブレーカーやスプリンクラーのスイッチなどがある一階の部屋にカメラはあるものの、肝心の地下書庫内や、その付近にはカメラがなかった。尾倉の性格からいって、これは利用者の秘密を守るためというよりは、経費削減でカメラを減らしているのだろう。

とはいえ、事件当日の鱗太郎の様子は防犯カメラに映っていた。

「この男、開館から火災発生まで、ずっと図書館にいたのか」

捜査一課長がつぶやく通り、鱗太郎は十時に開館されると同時に入り口から入り、火災発生の閉館間際に入り口から避難していた。その間は、開架のカメラに数回映り込んでいる。カメラが開架を全てカバーしていないので、ずっと映っているわけではないのだが。

「この映像。階段を下りているのは、地下書庫に向かったんじゃないのか」

スクリーンに映し出された映像では、鱗太郎は地下書庫のある方向の階段を下りている。一見すると重要な映像だが……。

「その方向には休憩スペースやトイレがあるので決定打にはなりません」

捜査員の報告に、捜査一課長は無念の表情を浮かべる。

「一日中図書館にいて、放火のチャンスを窺《うかが》っていたんだろうか」

そんな考えも出るが、肝心の地下書庫にカードキーなしで入った手段が分からない。

捜査会議は停滞し、やがて捜査一課長の鶴の一声が発せられた。

「仁村鱗太郎を任意で聴取だ。引っ張ってこい」

ついに取り調べが行われることに決まった。


取り調べは、捜査本部のある七川署で行われた。

俺はマジックミラー越しに取り調べを見学する。パイプ椅子に座った鱗太郎は、火災現場で見たままの風貌だった。似合わない金髪にピアス。十六年ぶりにじっくり顔を見ることができたが、こんな状況では喜びなど湧いてくるはずもなかった。

「名前と職業を教えてください」

「仁村鱗太郎。小説家志望です」

金髪ピアスという派手な見た目ながら、ぼそぼそとした小声での返事だった。小説家志望を職業と言い切ったのと同じくらい説得力が薄い。背を縮こまらせ、取調官の一挙手一投足にビクビクして反応する。昔と変わらない彼らしい態度だった。

もっと堂々として真実だけを語ってほしい。今はそれだけを願っていた。

「火災発生時、図書館で何をしていましたか」

そう訊かれ、鱗太郎の背中がびくりと跳ね上がった。

「あの日、僕は図書館には行っていません」

あからさまな嘘だ。取調官はタブレットを取り出し、防犯カメラ映像を再生した。

そこには館内にいる鱗太郎の姿が映っている。

「これでも行っていないと言い張りますか」

証拠を突き付けられ、彼は大いに動揺した。

「す、すみません。実は行っていました」

どう見ても不審な態度だ。ごまかすように手をぱたぱたと振る仕草もわざとらしい。

嘘をつくと余計疑われるのに。そう思うが、彼の虚言癖は未だ健在のようだった。

「でも、地下書庫の方には行っていません」

訊かれてもいないのに、地下書庫のことを口走る。語るに落ちたという奴だ。

「あなたが地下書庫に向かう階段を下りている映像もありますよ」

タブレットで動画が再生される。もちろん、その階段の先には休憩スペース等がある
るので、この映像だけでは行き先は特定できない。取調官は鎌を掛けているだけだ。

「あ、あの。実は、地下書庫の前までは行きました」

鎌掛けを見破れず、鱗太郎は認めた。証言が二転三転、これでは信用など得られる
はずがない。正直に語ってほしいと、それだけを祈った。

「前まで行って、それで終わりというのは不自然ではないですか」

取調官は、これ幸いにと追及を深める。鱗太郎はすっかり混乱しきっていた。

「すみません。本当は、地下書庫に入っていたんです」

ここまで証言が取れた。取調官は満足げだが、すぐに次なる問題点を指摘する。

「地下書庫はカードキーがないと入れませんよね。あなたはそれを持っていないのに、どうやって入ったんですか」

「それは、その」

ここで言葉が濁された。取調官は待ったが、鱗太郎は答えたくないのか口を閉ざしてしまった。

「どうなんですか」

なおも急《せ》かされ、彼は髪を掻き毟《むし》った。

「地下書庫の中で、怪しい人物を見ました」

マジックミラーのこちら側で、集まっていた刑事たちが一斉に顔を見合わせた。

「それに、地下書庫の中で火の手が上がるのも見ました」

続けざまの重要な証言だった。だが、取調官は渋い表情だ。

「それは本当のことですか」

疑っている。当然と言えば当然かもしれない。ここに至るまでに嘘を重ねたのだから、信憑性《しんぴょうせい》が低くなっても文句は言えないだろう。

俺自身、鱗太郎がどこまで事実を語っているのか測りかねていた。

「本当です。全部本当のことなんです」

彼は訴えかけるが、マジックミラーのこちら側でも、疑うような空気が出来上がっていた。

「では、その怪しい人物はどのような人でしたか。火の手が上がったというのも、どのあたりのことですか」

「それは……。あまり覚えていません」

はっきり答えられない態度は、傍《はた》からも実に不審に見えた。

「では質問を変えましょう。図書館にはよく通っていたようですが、何のために通っていたんですか」

ついに質問が変わった。取調官は先ほどの答えは嘘だと断じたらしい。

「小説を書くための資料集めです。放火ものを書こうとしていて、レファレンスサービスで火事ものの本を探してもらって、それを借りたりしていました」

穂乃果が受けたレファレンスサービスだ。鱗太郎は彼女に気付いていたのだろうか。気になるところだった。

「そうですか。では、その資料を基に執筆された小説を、証拠として提出できますか」

「えっ。それは、その」

鱗太郎は急に慌て始め、視線を忙《せわ》しなく揺らした。

「どうしたんですか。火事ものの資料を使って、小説を書いたんでしょう」

「それが……その小説はまだ書けていないんです」

こちらの部屋で失笑が漏れた。俺にとっても意外な答えだったが、それでも笑うのは失礼ではないか。不愉快だったが、俺は黙っている。

「火事ものの資料を借りたのは随分前のはずですよね。その間は別の小説を執筆されていたんですか」

「いえ、小説はまだ一作も書けていないんです」

また失笑が起こった。

「小説家志望、なんですよね。それなのに一作も書けていないんですか」

「これから書くつもりなんです。今は、資料の読み込みなんかに時間を使っています」

声が震えていた。一作も書けていないというのは想定外だったが、今の状況は気の毒だと思う。それでも助けには行けないので、彼の頑張りを期待することしかできなかった。

「でも、図書館に取材は申し込みました。図書館を舞台にした小説を書こうと思ったんです」

「ですが、その取材は断られたんですよね。捜査で判明しています」

即座の切り返しに、鱗太郎は言葉に詰まった。

「そう、ですね。断られました。それ以来、職員さんと顔を合わせるのが恥ずかしくなって、貸し出しも自動貸し出し機を使うようになりました」

言いわけのように付け足すが、語尾は消え入るようになった。自分でも意味のない言葉だと思ったのだろうか。

取調官は腕を組む。どこからが真実でどこまでが嘘なのか、摑みかねている様子だ。俺も初めて会った頃はそうだった。でも、関係を深めていくうちに、彼の人となりは分かってきた。

素直で、優しく、他人を傷つけることはない。それが鱗太郎だった。

「分かりました。今日はここまでにしましょう。お帰りいただいて結構ですよ」

取り調べの終了が告げられた。結局、延々と行われたこの取り調べで得られたものはほとんどなかった。鱗太郎の事件への関与は不明のまま。焼死体の身元も未だ判明していない。誰が殺し誰が殺されたのか、事件は何も明らかになっていなかった。

俺と志波は、再び職員への聴取を行うことになった。作業室にお邪魔し、話を聞く。だが、聞けるのは同じ話ばかりで進展がない。捜査が停滞し始めている。そんな実感が胸をよぎった。

一方、蔵書の修復作業は順調に進んでいるようだった。火災のニュースを聞きつけ、全国各地からボランティアで司書資格所有者が駆け付けたのだ。以前来た時より人の数が増え、作業効率は上がっていた。神野が臨機応変に指示を出しているのも大きいようだ。

「そこはもっと重しの数を増やして。そっちは作業スピードを上げて下さいね」

的確な指示が飛び続ける。だが、手間取っている者には懇切丁寧に指導するなど、面倒見の良さを発揮しているのはさすが神野だ。小学生の時に世話になったというひいき目を除いても、彼女は実に優秀な司書だった。

彼女のお陰で、作業は素早く、穏やかな雰囲気で進んでいた。

「こらっ、とっとと作業をしろ」

そんな穏やかな雰囲気を破る声がした。振り向くと、いつの間にか館長の尾倉がやって来ていた。

「加賀美、ぼーっとするな。さっさとやれ」

噂通り、非正規職員の加賀美をいじめている。加賀美は、水洗いした本の水気をタオルで取る作業をしており、その手つきは慎重で丁寧だった。だが、尾倉はそれが気に入らないらしい。小柄でやせ型の加賀美は背中を縮め、余計に小さくなったように思えた。

「いいか。これ以上適当な仕事をするようならクビだからな」

ひとしきり糾弾した後、尾倉は部屋の前方で声を上げた。

「ちょっといいか。話がある」

何を言うのだろう。一同が視線を送る中、彼は俺たちの存在に気付いた。

「ああ、刑事さんたちもいらっしゃいましたか。ちょうど良い。一緒に話を聞いてください」

俺と志波を追い出したりはせず、話が始まった。

「皆、作業ご苦労様。大変だと思うが頑張ってほしい」

周囲を見回し、よく通る声で語る。こういうのが堂に入っているのは、経営者時代の経験によるものだろう。

「おい加賀美、何のんびりしているんだ」

不意に、また加賀美が怒鳴られる。彼はくっついていたページを気を遣って剝がしていただけなのだが、尾倉は気に食わなかったらしい。職員たちが顔をしかめているのも目に入っていないようで、なおも彼を睨み付けていた。

「皆はこんな風にモタモタせず、スピーディーに作業をしてほしい。何せ、つい先ほど図書館の再建が正式に決まったからな。その報告に来たんだ」

おおっ、という声が上がった。加賀美に執拗に絡んでいく態度は不愉快だったろうが、この決定はやる気を起こさせるものに違いない。

「市民からより愛される図書館を再建しよう。では、手続きがあるので私はこれで」

尾倉は胸を張って去って行った。

「あの、刑事さん。ちょっといいですか」

ふと声が掛かったので振り向くと、加賀美がそこにいた。彼はさすがに少し怒った様子で声を潜め、左右をきょろきょろと見回していた。

「いいですよ。外に出ますか」

内密な話だろうか。彼を促し、志波と共に廊下に出た。尾倉たちに厳しく当たられて、地下書庫で目を赤くして泣いていたという話を思い出す。加賀美も苦労しているのだなと同情してしまった。

「どうされましたか」

誰もいない廊下で尋ねると、加賀美は恐る恐るといったように口を開いた。

「どうして、地下書庫のスプリンクラーは作動しなかったんでしょうか」

意外な質問だった。しかし、彼は何かを知っている様子だ。慎重に、教えてもよい情報だけを伝えた。

「それは故障していたからですよ」

「えっ、そうなんですか」

加賀美は、心底驚いたといった反応を示した。

「ご存じなかったんですか。職員の間でも噂になっていたようですが」

「いえ、噂は聞きましたが、その後になって、館長と副館長が故障は直ったと話していたのを立ち聞きしたものですから」

初めて知る情報だ。実際には故障していたわけだから、これは誤った情報には違いない。しかし、どうしてそんな情報が話されていたのか。

「それはいつ頃の話ですか」

「そうですね。事件の一ヶ月前ぐらいじゃないでしょうか」

矢継ぎ早に訊いたせいだろうか、加賀美は徐々に腰が引けてきた。やがて彼は、それじゃあそろそろ、とつぶやき、作業室に戻って行った。

「気になる話ですね」

志波が言うのも尤もだった。直ってもいないスプリンクラーを直ったと話していた尾倉と副館長の秦。これについては詳しく調べる必要がありそうだ。

# 第四章　ある司書の人生

ある司書の人生

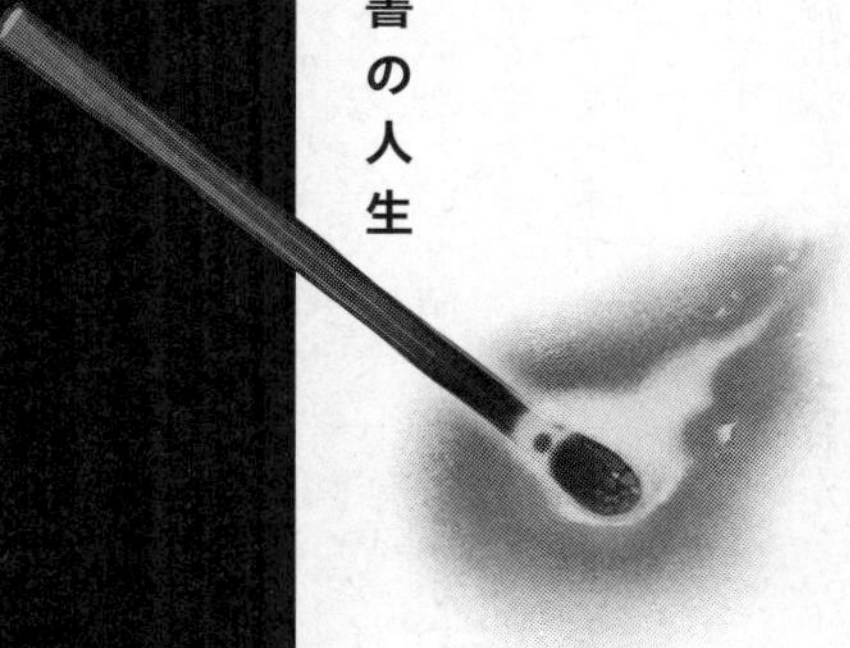

市役所の廊下を歩いていると、気になる人物を見かけた。肥満気味の体型で、この涼しいのにハンカチで汗を拭っている男性。

捜査資料の写真で顔は確認している。副館長の秦慎之介《しんのすけ》だった。

本来は聴取の対象者ではないが、ちょうど良いタイミングだ。加賀美から聞いた、スプリンクラーが直っていたという話の真偽を確かめておきたい。

「すみません、警察の者です」

俺と志波は警察のバッヂを提示する。彼は驚いたようだったが、すぐに媚《こ》びるような視線を送ってきた。

「警察の方が、何のご用ですか」

秦は、館長の尾倉の腰巾着との評価をされがちだ。一人では何もできないと辛辣に語る職員もいる。実際、突然一人で警察に声を掛けられたという状況に、彼は助けを求めるように左右を見ている。

「スプリンクラーのことでお話をお聞かせください。どこか空き部屋に入りますか」

半ば強引に、秦を空き部屋に押し込んだ。彼はますます汗を拭う。

「故障の件ですか。それは現在調査中でして」

「いえ、お聞きしたいのは、あなたと館長が、故障が直っていたと話していたことです」

　秦の顔に緊張が走る。表情を引きつらせたまま、彼はわざとらしく笑った。

「やだなあ。何のことですか。そんな会話、記憶にありませんよ」

「そうでしょうか。話を聞いていたという人物がいるんですがね」

　ぎくりとした反応を見せ、秦は黙り込んだ。

「お話しいただけないのなら仕方ありません。警察の方で徹底的に捜査をしましょう。マスコミにこの疑惑を流すというのもいいかもしれませんね。そうなったら、後から思い出したとしても、どうして今更という批判に晒されるのは避けられませんよ」

　脅しに過ぎない案だったが、効果的だったようだ。彼は大慌てで手を振る。

「いやいや。それには及びません。今、思い出しましたのでお話しします」

　廊下に誰もいないのを確認し、彼は説明を始めた。

「故障には気付いていました。だから館長と話し合ったんです。館長は金が掛かると怒りながらも、修理をしろと渋々指示を出しました。でもその後、業者に来てもらって修理見積を取ったところ、費用が想定より大幅に高かったんです。これでは館長の機嫌を損ねてしまう。そう悩んだ末に、その、自然に直ったと……嘘の報告をしたんです」

ハンカチを忙しなく動かし、秦は説明をした。もちろん、到底受け入れられるものではない。

「あなたね、そのせいで図書館は全焼して、人が一人死んでいるんですよ」

志波が堪らずといった具合に怒鳴った。秦はびくっと肩を震わせ、深々と項垂《うなだ》れた。

「そう言われても仕方ありませんね。私が悪いんです。でも館長に怒られるのが怖かったんですよ。あの人はすぐに大声で怒鳴って、机を蹴ったりペンを投げたりする怖い男だったんですから。もともとは私が館長になるはずだったのに、市長の横やりであんなのが館長になって。ああ、本当に何もかもうまくいかない」

嘆きながらも、どこか自己弁護に走っている。こういう男なのだと、俺は秦のことを認識した。同時に、穂乃果から聞いた加賀美の話とも合わせて、尾倉にパワハラ気質があるというのも事実なのだろう。出るところに出れば問題になりそうなレベルだ。

「とにかく、このことは市に報告します。しかるべき処分を受けてください」

そう告げると、彼は無言のまま深々と頷いた。


「ご遺体の身元が判明しました」

次の捜査会議に、ずっと待っていた情報が届いた。火災現場で見つかった、あの身元不明の死体の正体が分かったのだ。

「ご遺体の身元は、羽場博之《はばひろゆき》、四十六歳。無職のホームレスです」

辞書で殴られて死んだ、奇妙な死体の正体はホームレスだった。どうして地下書庫にいたのかは謎だが、捜査員は情報を粛々と読み上げていく。

「事件から時間が経《た》っても、ご遺体に似た人物の捜索願が出されないことから、ホームレスの線を当たっていました。そして最近行方知れずになったホームレスをリストアップし、歯科医院で歯の治療痕を調べたところ、ずばりヒットしました。現在はホームレスですが、そうなる前に歯の治療を受けていた羽場博之の存在に突き当たったんです。ご遺体に辛うじて残っていた指紋やDNAを調べると、段ボールハウスに残っていた指紋や毛髪のDNAと一致しました。歯の治療痕と合わせて、確実に羽場です。彼は、三ヶ月ほど前から段ボールハウスに戻らなくなり、仲間内で心配されていたそうです」

被害者の身元は分かった。そうなると次は、なぜ図書館にいたのかだ。

「羽場の過去ですが、意外なことに、彼は元司書でした。七川市立図書館では働いていませんでしたが、近隣の市の図書館で勤務していました」

思わぬ新情報だった。

「非正規での雇用でしたが、羽場は十五年ほど司書をしていました。ただ、非正規ゆえに月収十四万ほどと金銭的に苦しく、結婚はしたものの離婚しています。一人息子の親権は妻が持って、二人して彼の元を離れたそうです。羽場は司書の職を愛していましたが、専業主婦志向の妻――仕方なくパートをしていました――は稼げる職に就いてほしいと願っており、離婚前には口論が絶えなかったようです。離婚後、羽場は気が抜けたようになりミスを連発。勤めていた図書館を自主退職するまでに追い込まれました。そして、彼はその後数年でホームレスになったと見られています」

図書館での放火殺人事件で、元司書が死んだ。しかも地下書庫という密室で。どうにも裏がありそうな状況だ。

「あの、よろしいでしょうか」

そこで、別の捜査員が手を挙げた。捜査一課長は頷き、彼に話を振る。

「防犯カメラ映像についてですが……ここ一ヶ月の映像に、羽場の姿は一切映っていません」

えっ、と困惑の声がそこかしこから上がった。

「カメラの台数は少ないですが、利用者の唯一の出入り口はしっかり捉えられています。もともと本の無断持ち出しを防ぐために、図書館の出入り口は少数にするのが大原則です。少ない出入り口には全てカメラが設置されていました。ですが、一ヶ月遡《さかのぼ》っても、そこに羽場は映っていないんです。もちろん事件当日もです。カメラのない職員通用口や非常口から出入りした可能性もありますが、両者は事務室から近く、出入りすればそこにいる職員に気付かれる可能性が高いです。そもそも利用者がそのエリアに入れば明らかに怪しまれるという不都合もあります」

となると、羽場は瞬間移動でもしたように地下書庫内に現れたというのだろうか。

「見落としをしているだけじゃないのか」

捜査一課長が疑うように問うが、捜査員はかぶりを振った。

「身元判明後の作業だったため、映像のチェックに掛けられる時間が限られていたのは確かです。ただ、肝心の地下書庫のある階に下りる階段はさほど人の出入りがないので、見落とすはずがありません。羽場が地下書庫に入ったのは間違いないのですから、そこを通らないわけにはいきません」

絶対通った場所があるのなら、そこは入念にチェックするはずだ。見落としがあるとは考えにくい。

「職員通用口の近くの階段を下りれば、カメラに映らず地下書庫前には行けます。しかし先ほど言いました通り、そこには職員の目があり、実際に通るのは難しいでしょう」

そうなると八方塞がりだ。折角身元が分かったのに、新しい謎が浮上してきてしまった。

その後も捜査会議は停滞し、皆が首を捻るばかりの時間が過ぎていった。

羽場の情報をマスコミに流す。そう決断したのは捜査一課長だった。

あれから何日経っても、羽場がカメラに映っていない謎は一切解けなかった。手詰まりを感じた捜査本部は、羽場のプロフィールやカメラに映っていないことを報道してもらう道を選んだ。少しでも有益な情報提供を期待したのだ。だが、

「結局、意味のある情報提供はありませんね」

ハンドルを握る志波が嘆いた。市役所までの道を車で走りながら、彼はぼやきを繰り返している。

「そうですね。興味本位や目立ちたがりで、不正確な情報が送られてくるだけです」

マスコミへ情報を流したことは裏目に出た。今や不正確な情報のせいで捜査本部は混乱しかけている。

何とか正しい情報を手に入れたい。そして鱗太郎を守りたい。その一心で、俺は捜

査を続けている。ただ、それでも事態を打開するような証言や証拠を得られないのが実情だ。

「ですけど、副館長の秦は酷いですね。腹が立ちます」

話題が変わり、志波の口調が怒りを含み始めた。だが、それも仕方のないことだった。

「結局、訓告処分だけってどういうことですか。スプリンクラーの故障を隠すなんて大失態のはずなのに」

スプリンクラーの故障が直ったと嘘をついた件で、副館長の秦は内々に処分を受けた。だが処分は訓告処分に留まった。軽めの処分だ。嘘をつく現場を目撃した加賀美の証言もあるというのに。ことをおおごとにしたくないという、市役所側の考えが透けて見えた。

「身内をかばって、大きなミスをほとんどなかったことにして。酷すぎますよ。故障さえなければ、火は燃え広がらなかったかもしれないし、羽場さんだって助かったかもしれないのに」

悔しそうに唇を噛む。俺も全く同じ思いだった。

「犯人を、一刻も早く捕まえましょう。我々にできることはそれだけです」

落ち込みかけていた志波が、真っすぐに前を見据えた。

「そうですね。それしかないですよね」

志波はハンドルを強く握り、アクセルを踏み込んだ。彼は前向きになったが、俺自身はそうはならなかった。この後の捜査で貴重な情報を入手できるイメージが全く湧かず、苦悩が深まっていくばかりだった。


「着きました」

車が止まり、俺はドアを開けた。だが、やはりここからの捜査で何かを得られる予感がしない。志波を鼓舞しながらも、俺自身がこんな気持ちのままではいけなかった。内にいる自分が、何か手を打てと叱咤《しった》している。

——こうなったら、奥の手だな。

意を決し、車を降りようとしている志波を制止した。

「すみません。少しの間、一人で行動させてもらえませんか」

志波は驚いたように目を見張った。刑事は二人一組で行動するのが原則だ。単独捜査など常識外れだった。

「どうしても、ですか」

怪訝そうな視線が送られる。不安になるが、強いて胸を張った。

「どうしてもです。事件の解決のためには必要なことなんです」

じっと見つめ返すと、彼は肩をすくめた。

「いいですよ。しばらく待ちます」

制止されるかと思ったが、彼は素直に頷いた。

「瀬沼さんなら何とかしてくれそうですし」

さらにはそんな一言も。感謝の念に堪えなかった。

「ありがとうございます。恩に着ます」

深々と礼をした。これで穂乃果に、一対一で話を聞きに行ける。一刻も早く停滞を打破し、真相を解明するには今、彼女に会いに行く必要があった。


バックドラフトを見破り、俺が思い付かなかった密室トリックを考え出した穂乃果。彼女なら、羽場がカメラに映っていない謎も解き明かせるのではないか。刑事として一般人に頼るのはご法度かもしれない。でも、鱗太郎が疑われ、手詰まりの今はこうするしか道はなかった。

作業室前のベンチに向かうと、加賀美が腰を下ろしてぼうっとしていた。どうやら休憩中のようだ。

「あの、すみません。島津さんはどちらでしょうか」

穂乃果の行方を訊くと、ああ、と彼は作業室の方を指差した。

「今は修復作業中です。ただ、もう少ししたら私と交代で休憩に入りますよ」

しばらく待つだけで休憩時間になるなら、ちょうど良いタイミングだ。俺は待つことに決めて、ついでに加賀美と話をしようと思った。

「スプリンクラーの故障が直ったと秦さんが言っていた件ですが、顛末《てんまつ》はご存じですか」

話を振ると、彼は呆れたように苦笑した。

「嘘だったんでしょう。館長の機嫌を取るための。市役所の発表で色々聞きました」

すでに情報が届いているらしい。それにしても、こんな大嘘を信じさせられていたなど、呆れ返るのも無理はないだろう。

「私には厳しく言う癖に、自分自身には甘いんですね」

不満が滲《にじ》んだ口調だった。叱責を重ねられている彼としては、多少言い方に棘《とげ》があるのも当然のことなのだろう。

「この図書館のことは大好きなんですが、どうも管理職たちが良くないです。このまま勤め続けていいものか、悩みます」

大きな溜息が漏れた。彼のことを思うと、哀れみの気持ちが湧いてくる。

「おっと、そろそろ休憩時間が終わりますね。では、また」

加賀美は不満顔を引っ込めて立ち上がった。もやもやする気持ちを振り払うように頬を叩き、一礼して作業室に入って行った。

誰もいなくなったベンチで待つ間、俺は捜査本部から貸与されたＳＤカードをスマホに挿入した。俺のスマホはＳＤカードに対応しているので、こうして膨大な量の証拠のデータを確認できる。一つ一つ確認していると、熱が入ったのか目の前に人が立っているのに気付くのが遅れた。

「頑張ってるね、貴博」

立っていたのは穂乃果だった。

「穂乃果、休憩か」

ＳＤカードを抜いてケースにしまってから声を掛けると、彼女は明るく笑った。

「うん、そうだよ。貴博も忙しそうだね」

白い歯がこぼれる。だが、声に張りがなかった。さすがに疲れの色が浮かんでいる。

「修復作業は大変なのか」

「まあ大変だけど、やらないといけないことだし。本当は今も作業をしたいんだけど、休憩はきちんと取るルールだから」

こんな時に申しわけないと思いながらも、彼女の横に座って問い掛けた。

「図書館の事件、被害者がカメラに映っていないことをどう思う」

詳細はニュースで報じられているので、穂乃果も知っているはずだ。俺は彼女の答えを待った。

「一般人に協力を求めるわけね」

試すような口調で、また指摘される。そんな風に言われてしまっては身も蓋もないが……と思っていると、彼女はふっと口元を緩めた。

「大丈夫。協力するよ。鱗太郎がかなり疑われているんだよね。助けてあげないと」

鱗太郎の危機に勘付いているようだ。

「それじゃあ、私の考えを言うよ」

穂乃果は姿勢を正し、推理を披露し始めた。

「羽場さんというそのホームレスは、地下書庫に住んでいたんじゃないかな」

一瞬、聞き間違えたのかと思った。住んでいた、だって？

「ホームレスで住む場所のない羽場さんは、地下書庫に隠れて住む方法を見つけ出した。そして密かに住み始めたけど、住んでいたせいで火災に巻き込まれて亡くなった。これしか謎を解く方法はないんじゃないの」

冗談のような答えだった。そりゃ、地下書庫の中にずっと住んでいたのなら、その外にある防犯カメラには映らずに済む。

「いや、無理があるんじゃないのか」

さすがに反論するが、穂乃果はなおも続けた。

「他の場所では人目についてしまうから、隠れ住むなら人の少ない地下書庫は絶好のスポットだったんだろうね。職員が入ってきた時は、書棚の間の奥の方に隠れることでやりすごしたんでしょ。そこまで頻繁な出入りはなかっただろうから、おおむね快適な環境だったと思う」

「でも、酸素は大丈夫だったのか」

思わず質問をぶつけてしまう。密閉された空間で息苦しくならないかが心配だった。

「酸素は、必要最低限の量が通気口や換気扇から入ってくる。呼吸に困ったことはなかったはずだよ。そもそも、人が出入りする場所の酸素が薄かったら、倒れる者が出るよね。そうならないよう、対策はきちんとされている」

そう言われるとなるほどと感じるが、問題点はまだある。

「さっき、職員が入ってきたら隠れると言ったけど、隠れる場所は限られるんじゃないか。人が入ってきたらすぐ見つかってしまうだろう」

「蔵書三十五万冊超を誇る七川市立図書館の地下書庫は、相応の広さがある。隠れる場所も多いよ。それに、地下書庫内は資料が光で傷むのを防ぐために、照明が調整されて可能な限り暗くされている。暗い場所に隠れれば、人の目にもつきにくかっただろうね」

筋が通っている。否定できないまま、俺は次の問題点を口にした。

「寒くはなかったんだろうか」

「気温については、本が傷まないよう、図書館の書庫は適切な温度・湿度に保たれている。国立国会図書館の書庫は温度二十二度、湿度五十五％を目安にしているそうだよ。一般的に図書館資料の保存には、温度十八から二十二度、湿度四十から六十％が推奨されていて、六十％を超えるとカビが発生する危険性が高くなり、四十％以下では資料が壊れやすくなる。少なくとも戸外よりはよほど快適な環境だよね」

ここまで根拠を出されると、住むことは可能だと思えてくる。防犯カメラに映っていないということは、地下書庫から出ていなかったということだ。

「わざわざ地下書庫を選んだのは、雨風をしのぐということ以上に、大好きな本に囲まれているっていう環境を取った結果かもね。ニュースで見たけど、被害者は元司書だったんでしょ」

穂乃果の言う通り、雨風をしのぎたいだけなら他の場所でもいい。やはり本があるという点が、羽場にとっては重要だったのだろう。

「だが気になるのは、羽場がどうやって地下書庫に入ったかだな」

地下書庫に入るには、カードキーを使うことが絶対に必要だ。一度入ってしまえば、出る時には本などをストッパーとしてドアに嚙ませればいいから、最初に入る時だけカードキーを使えばいい。そうすれば短時間や閉館後の出入りは可能だ。誰もいない夜間は、カメラのない職員通用口や非常口から出入りすれば映像は残らない。食料の買い足しやゴミ出しやシャワーなどは、誰もいない深夜に内側から解錠し、ストッパーを嚙ませてコンビニやゴミ箱漁《あさ》り、公園の水飲み場や公共トイレでの水浴びに行っていたのだろう。トイレは図書館のトイレを利用したり、携帯用トイレを使ったりしていたのかもしれない。

しかし、カードキーをどうやって手に入れたかが分からないのだ。

「そこは確かに分からないね。それが証明できない限り、羽場さんが住んでいたことは立証できないか」

ゴミや指紋などの痕跡から立証しようにも、地下書庫は火災で焼けてしまった。そういった痕跡は残っていないだろう。

ただ、住んでいたこと自体は俺の中でかなり真実味を帯びてきていた。誰かが隠れていると思われなければ、地下書庫が捜索されることもない。日中は入り口から見えない角度に常にいて、誰かが入ってきたら素早く隠れる。そうすれば住むことは可能なはずだ。

「やっぱり重要なのはカードキーだ。何か手に入れる方法があればな」

つぶやきながら考えた。カードキーでしか開けられないのなら、それを手に入れたと考えるしかない。シンプルだが、それしかないという方法だ。六人が持っているのは難しいだろうから、となると狙い目は引き出しに入っていた予備か。だが引き出しは鍵付きで、鍵は館長の尾倉が持ち歩いていた。どうやって持ち出したのかは謎だった。

「あ、そろそろ時間。じゃあ作業に戻るね」

悩んでいるうちに、穂乃果が腰を上げた。不意に、手持ちの情報全てを彼女に開示し、推理を求めようかと思ってしまう。だが、それは刑事としてはマズい行動だ。あくまで、ニュースで報道されている情報しか話せない。

「ああ、そう言えば」

ふと、彼女が振り返った。何だろうと見上げると、潜めた声でこう言われた。

「鱗太郎のアパートに通い続けているんだけど、全然会えない。相変わらず昼間はどこかに出かけているし、夜はお母さんに玄関を開けないよう頼んでいる。チャイムを鳴らしても誰も出てこないの」

鱗太郎が俺たちを拒否している。その事実は胸に突き刺さった。だが、俺たちが彼を置いて別の場所に行ってしまったのは事実だ。恨まれても仕方がなかった。

「それだけ。じゃあ、またね」

穂乃果は手を振って作業室に戻って行った。鱗太郎を救う方法はないものか。俺は考え続けた。

「何か分かりましたか」

車に戻ると、志波が期待を込めて尋ねて来た。穂乃果のことは隠しておいて、分かったことを告げる。

「羽場は地下書庫に住んでいた？　信じ難い話ですが確かに、そう考えればカメラの件の説明がつきますね。それは、まさかですね」

驚きながらも、彼は納得した表情だった。

「早く捜査本部に連絡しましょう」

住んでいたことを発想できた理由は訊いてこない。そのことをありがたく思いながら、スマホを取り出した。

だが、掛けるより先に電話の着信があった。当の捜査本部からだ。

用件は不明だが、タイミングが良い。ちょうど報告できると電話を取った。

「はい、瀬沼です」

「今、まだ市役所にいるか」

電話に出ると、捜査一課長の声がした。

「はい、います。どうされましたか」

「とある人物に話を聞いて来てほしい。その人物は、羽場と親しい可能性がある」

予期せぬ依頼だった。

「それは誰ですか」

そう問うと、捜査一課長は若干声を落とした。

「職員の岡林だ。奴は大学で羽場と同級生だった」

最初の事情聴取の時、穂乃果の代わりに親切にしてくれた正規職員だ。思わぬ繋がりに、まさかと感じてしまう。

「至急、聴取をしてくれ」

そう指示され、俺は羽場が地下書庫に住んでいたという推理を報告した後、また市役所に引き返すことになった。


「何のご用ですか」

志波を連れて作業室に戻ると、岡林は修復作業中だった。無理を言って、作業をしている中で話を聞かせてもらう。

「火災で亡くなった方、羽場博之さんというんですがご存じですか」

岡林の頬が微かに引きつった。視線が周囲を窺う。

「さあ、誰ですか」

ごまかすように手を動かす。しかし、繊細な動きを要求される指先は震えていた。

「羽場さんとは大学の同級生なんでしょう。調べはついています」

さらに強く迫ると、岡林は観念したように肩を落とした。

「ここでは何なので、廊下で話しましょう」

彼に促されて廊下に出る。ちょうど誰もいなくて話しやすかった。

「ニュースを見て、死んでいたのが羽場だったということを知りました」

正直に打ち明けられる。だが、志波が怪訝そうに問い掛けた。

「では、どうしてそのことを隠していたんですか」

「それは、その。疑われると思いまして」

申しわけなさそうにうつむき、岡林は事情を語り出した。

「羽場とは大学の同級生でして、仲良くしていました。私たちは共に司書課程を受講していたので、将来図書館で働くならどうしたいかとよく語り合っていたんです。ですが、卒業後に私が図書館の正規職員になった一方で、彼は非正規の職にしか就けませんでした。一緒に飲みに行って愚痴を聞くようにはしたんですが、次第に疎遠になって、ここ十年ほどは音信不通でした」

立場に差ができてしまい、気まずくなったということだ。しかし十年ほど音信不通なら、正直に関係を申し出ても疑われないだろう。この先に何かあるに違いなかった。

「ところが半年前、久々に羽場から電話がありました。公衆電話からの着信です。生きていたのかと安心しましたが、彼は疲れた声で助けてくれと言いました。職をなくし、妻子にも逃げられてホームレス状態だということでした。お前のいる七川市立図書館で雇ってくれないかと、縋《すが》るように頼み込まれました」

思わぬ展開だ。羽場としては藁《わら》にも縋る思いだったのだろう。しかし、管理職ではない岡林にその対応は難しそうだ。

「聞き入れてあげたかったんですが、私にはそんな権限はありません。心苦しく思いながら断ると、彼はすまなかったと言って電話を切りました。それ以来、連絡はありませんでした」

やはり受け入れることはできなかった。とはいえ、この時の電話は着信履歴が残っている。だからこそ岡林は、疑われると考えたのだろう。彼が口を噤《つぐ》んだ理由が分かった。

「岡林さんに断られたものの、七川市立図書館には一瞬でも雇ってもらえると期待した親しみがあったんでしょうね。瀬沼さん、だからこそ羽場は、七川市立図書館の地下書庫に住み始めたんじゃないでしょうか」

志波が囁《ささや》きかけてくる。その推理は正しいように思えた。だが、カードキーがなければ地下書庫に入れないという問題がある。

「岡林さん、カードキーを羽場さんに貸しましたか」

不意に質問をされ、岡林は慌てふためいた。

「そんなことはしていません。私は、羽場が地下書庫にいたこととは無関係です」

同級生のよしみで貸した。そんな可能性があったが、断じる根拠は何もなかった。

「あの、もういいですか。そろそろ作業に戻らないと」

岡林は作業室の方を見る。仕方ないと思い、俺は頷いた。

「では、失礼します」

おざなりな礼をして、彼は部屋に戻った。それと入れ替わりに、見覚えのある人物が出てきた。

「刑事さん、ですよね」

おずおずと話しかけてきたのは、神野だった。ベテラン職員で、俺が小学生の時に世話になった女性だ。

「先ほどの話、つい聞こえてしまって。それで気になることがあるんです」

神野は俺が、かつて通っていた小学生だということに気付いているのかいないのか、丁寧語で話し続ける。

「実は、鎮火後の地下書庫から持ち出した本の中に、妙な雑誌があったんです」

そう言って彼女が差し出したのは、ポリ袋に入っている焦げた雑誌だった。

「これ、うちの蔵書じゃないんです。バーコードが付いていないでしょう。記録にも残っていないので、外から持ち込まれたもののようなんです。もしかしたら、羽場という人の持ち物かもしれません」

　確かにバーコードがない。地下書庫に住んでいた羽場が持ち込んだ可能性が高かった。

「開いてみてもいいですか」

「ええ。蔵書ではないのでご自由に。ただし消火の放水で濡れていますので注意してください」

　ポリ袋越しに慎重にページを開いてみると、余白にボールペンらしき筆跡で文章が書かれていた。日付が入っていて、どうやら日記のようだ。

『十月十八日、今日も書棚の本を読んだ。昔から気になっていたウンベルト・エーコの『薔薇《ばら》の名前』を手に取る。評判通り面白い。夢中になって、職員が入ってきたのに気付くのが遅れそうになった。慌てて隠れて事なきを得、ほっとした……』

　地下書庫で住む日々を綴《つづ》っているようだった。これは貴重な証拠になりそうだ。

「修復作業中にこれを発見して、最初は誰かのいたずらだろうと思っていたんです。ですが羽場という被害者のものじゃないかと気になってきて、大事なものになるのではと思ったんです」

　ありがたい判断だ。早速全ての文章を読もうと思ったが、濡れた後に一部が乾いたせいか、塗工紙らしきページが貼り付いてしまっている。とてもではないが読めたものではなかった。

「これは修復作業が必要ですね。神野さん、至急お願いできませんか」

捜査の進展のために依頼するが、神野は首を振った。

「申しわけないですが、他の蔵書の修復作業で手一杯でして。蔵書でないものの修復までは手が回りません」

これでは無理強いはできない。鑑識にでも頼むことになりそうだ。

「こちら、証拠としてお借りしてもよろしいですか」

「ええ、もともとうちの蔵書でもないですから」

俺はポリ袋ごと雑誌を脇に抱え、一礼して志波と共にその場を去った。

「貴博くん、立派になったわね」

背後で、そんな神野の声がした。小さな声だったので聞き間違いかもと思ったが、振り向くと優しい目をした彼女がいた。昔の話をされることがなかったので、神野は俺に気付いていないか、忘れているのかと思っていた。覚えてくれていたのだと、嬉しくなる。きっと志波がいる手前、俺の立場を考えて黙ってくれていたのだろう。気遣いがありがたかった。

鑑識に電話で雑誌の修復を依頼してみたが、返事は芳しくなかった。

火災現場には大量の残留物があり、鑑識作業は多忙を極めているとのことだった。確実に羽場のものだと分かってはいない雑誌の修復など、行っている時間はないと言われてしまった。また、本の修復には熟練を要するらしく、やはり司書資格を持つ者に依頼するのが筋だそうだ。

「どうしたらいいんでしょう」

志波が頭を掻く。遠方の図書館に依頼する方法もあったが、移動だけで時間を食ってしまう。水濡れの影響は早めに取り去っておきたかったので、この場で修復したかった。

何か手はないか。悩みながら作業室に戻って来ると、幸運が起こった。

「あれ」

俺と彼女の声が重なった。作業室前のベンチで、エプロン姿の穂乃果が休憩をしていたのだ。

「休憩ですか」

隣に志波がいたので丁寧語で訊く。嫌な予感を覚えたのか、彼女は警戒した声で返事をした。

「はい。ようやく一時間休憩が取れました」

疲れ切った様子で首と肩を回す。大変な作業でへとへとのところを悪いが、良いタイミングだ。

「すみません。どうしても修復したい本がありまして。お手伝い願えませんか」

すかさず依頼すると、穂乃果は目を見張った。

「あの、私、休憩中なんですよ」

「そこを何とか。急ぎなんです」

手を合わせて頼み込む。志波にも頭を下げてもらった。

「どれだけ私をこき使うの」

彼女が顔を寄せてきて、小声で怒る。それでも俺は依頼を続けた。

「頼む。穂乃果にしかできないんだ」

しばらく困惑する間があったが、やがて観念したような溜息が聞こえた。

「仕方ありませんね。休憩の間だけ、お手伝いしましょう」

目の前の彼女は、呆れ果てた苦笑を浮かべていた。

俺たちは作業室へと向かう。だが、その途中で穂乃果が囁いてきた。

「ただし、一つ言うことを聞いて」

交換条件か。無理を言っているのはこちらだから、呑むしかないだろう。

「貴博が次に休憩が取れる時間って、いつ？」

「そうだな、今日の午後八時頃に取れると思う」

「だったらその時間に、昔、図書館があった場所に来て。あの頃と同じようにベンチがあるから、その裏を見てね。あ、その時にスマホを忘れずに持って来て」

何やら思わせぶりな要求だ。しかし、こちらも同じような要求を突き付けているのは変わりがない。俺は首を縦に振った。

「そういうことなら、本の修復は任せて」

穂乃果は元気よく言った。

雑誌の修復が始まった。作業室の一角を借りて行われる。俺たちは廊下で待機していようと思ったのだが、穂乃果に引っ張られて作業机の脇にいる。

「こういうことが繰り返されないよう、作業方法を覚えてもらいます」

今度からは一人でやれということだ。こうなっては頑張って覚えるしかない。

「この雑誌は塗工紙のある本なので、まずは水道水で洗浄します」

流しの水を出し、バケツに溜めてそこに浸けて洗う。汚水をしっかり取り除かないと、ページがよりくっついてしまうらしい。

「洗浄が終わったら、全体を乾いたタオルで押さえて、大体の水気を取ります」

当然のことだが、びしょ濡れのままでは作業にならない。ここでおおよその水気を取る。

「次は、ページを一枚一枚慎重にめくっていきます。ここでめくっておかないと、後でくっついてしまいます」

大型のはさみやカッターナイフが入っているという、穂乃果のエプロンのポケット。そこからページをめくる道具が出てくるかと思いきや、彼女は素手でページをめくっていった。

「道具は使わないんですか」

「竹へらやピンセットのような道具を使うよりも、素手の方が安全にめくることができるんです。竹へらやピンセットは必要に応じて使用する程度です」

彼女は真剣な表情で、ページを破らないよう丁寧にめくっていく。

「これで、かなりめくれました」

根気強く作業を続け、いくつかのページをはがすことに成功した。だが、このままにしておくと、ページは若干濡れているままなので、再びくっついてしまう。となると乾燥作業が必要になってくる。

「普通は自然空気乾燥法で自然乾燥をさせるのですが、ここで裏技があります」

そう言って彼女が取り出したのは、小型の卓上扇風機だった。

「自然空気乾燥法のうち、扇風機を利用する方法です。本に扇風機の風を当てることで、迅速に乾かすことができるんです」

予期しなかった方法だ。俺が驚いている間に、穂乃果は準備を整えていく。本を扇状に開いて立て、段ボール片を挟んで自立させる。そして、そこに扇風機の風を当て始めた。段ボールなどを間に挟んで本を立てると安定し、ぱらぱらとめくる断面を風の方に向けると、乾燥が早くなるそうだ。

「風の当たったページから乾燥していくので、くっついたままの部分もはがれやすくなるという優れたやり方です。人手や時間が掛かる通常の自然空気乾燥法の欠点を補ったものなんです」

なるほど良い手法だと思ったが、そこで疑問が浮かんでくる。

「どうして、他の本にはこの手法を使わないんですか」

見回す限り、他に扇風機を使っているところはない。皆、自然乾燥を行っている。

「それは、この方法だと、塗工紙のある本はページが波打ってしまうという大きな欠点があるからです。これがあるので、他の蔵書の修復には使われていません。今回の雑誌は図書館の蔵書ではない上、焦げている部分も多く完全な修復ができません。そのため、スピード重視のこの手法を使いました」

そういうことなら納得だ。その後、扇風機を当て続けたことで、雑誌は完全に乾き、ページの貼り付きもなくなった。

羽場の日記と思われるものが、多少の波打ちはあるものの、充分に読めるようになった。

『地下書庫には膨大な数の本がある。一生かかっても読み切れないほどの量だ。時間はたっぷりあるので、今日からこれらを読んでいく。楽しみだ。充実した時間になりそうだ』

俺と志波は、駐車場の車の中で日記に目を通していた。そこには、地下書庫に住むという特異な経験をした男の日常が綴られていた。

『この空間は案外快適だ。気温は一定に保たれているし、静かで仄暗《ほのぐら》い雰囲気が落ち着く。本がたくさんあることだし、順に読んでいきたい』

『職員が入ってきてヒヤっとしたが、すぐに書棚の陰に隠れれば案外見つからないものだ。コツを摑んだようなので、もうそれほど怯《おび》える必要はない』

『昔から好きだった、横溝正史《よこみぞせいし》の金田《きんだ》一耕助《いちこうすけ》シリーズを順に読んでいっている。時間だけはあるので、どんどん進む。一度読んだものでも新しい発見があり、楽しく読むことができている』

『今日は江戸《えど》川乱歩《がわらんぽ》の少年探偵団シリーズを順に読む。子供の頃に読んで以来なので内容を忘れていて、初めて読むようにワクワクした。子供向けだが、大人が読んでも充分に満足できる内容だ』

『海外のミステリーも面白い。アガサ・クリスティーはどの作品も高い完成度を誇っている。有名な『オリエント急行の殺人』や『アクロイド殺し』は私も読んできたが、それ以外にも名作が多い。今回初めて読んだ『死との約束』などは傑作だ』

日記の内容はというと、淡々と地下書庫の日常を綴ったものだった。初日の新鮮な環境への感想を書いていたり、慣れてきてからの本を探して読む楽しさを書いていたり。

「おおむね、地下書庫生活を楽しんでいたようですね」

志波の言う通り、羽場は穏やかな日々を送っていたようだった。職員が入ってきた時は、書棚の陰に隠れたようだが、そういった機会も少なく、深夜は内側からドアノブを引いて鍵を開け、外に出られるので快適に近い暮らしだったらしい。

「ですが、どうやって出入りしていたかが書かれていないのは残念ですね」

確かに、その点は惜しかった。書かれていたら大きな謎が解けたのだが。

「あ、ここ、住むことになった経緯について書かれていますね」

志波が指差す先には、「司書をクビになって」から始まる文があった。

『司書をクビになって収入が途絶え、妻からは離婚を言い渡された。息子の親権も取られて絶望した私は、気力を失ってホームレスになった。だが司書へのこだわりを捨てられず、岡林に採用の仲立ちを依頼するが断られ、せめて本のある空間で死を待ちたいと、岡林のいる七川市立図書館を住まいに選んだ』

捜査報告通りの経緯だった。その他も想像通りの記述が多かったが、気になったのは「友人」についての記述だ。時折文章に「友人」が出てくるのだが、その正体がはっきりしなかった。

『十月二十五日。今日も友人が来てくれた。本の話をし合い、穏やかな時間を過ごす』

『十一月七日。友人のアガサ・クリスティー作品でのお薦めは短編の「検察側の証人」らしい。ここの書棚にあるので、今度読んでみよう』

『十一月十三日。今日も日中から友人が来てくれた。私の冗談に大声で笑ってくれたのが嬉しかった。人と関わらないこういった環境の中で、友人というのはありがたいものだ』

この「友人」は人間なのか。判断がつかなかった。

「もしかしたら、虫か何かを人間に見立てていたのかもしれないですね。あるいは全くの妄想によるものか」

志波が指摘したことにも納得させられた。想像上の「友人」なのかもしれない。もちろん、羽場の友人として俺たちが知っているのは岡林だ。だが、この「友人」が岡林だと断じる根拠はない。

「ひとまず、捜査本部にこのことを報告しましょう」

俺は雑誌を証拠保管用の袋にしまい、丁寧にカバンに入れた。

「あ、すみません。少しお手洗いに」

志波が手を合わせて謝った。彼はドアを開けて、市役所の方へと走って行った。

ぼんやりとその後ろ姿を見送っていた時、不意に車の窓がノックされた。振り向くと、神野がそこに立っていた。

「どうしたんですか」

窓を開けると、彼女は優しそうな顔つきに似合った、穏やかな笑みを浮かべた。

「貴博くん、久しぶり。一対一で話せそうだったから、声を掛けたの」

そこにいたのは、作業室で迅速に指示を出すベテラン司書ではなかった。俺が覚えている、優しい司書のお姉さんだった。

「立派になって。今は刑事をしているのね」

親戚の子でも見るような目を向けられる。あの頃ずっと向けられていた視線だが、今となっては気恥ずかしくもある。

「他人のふりをしていただき、ありがとうございました」

「いいのよ。仲良くしすぎて貴博くんが困るのは本意じゃないし。それより、穂乃果ちゃんとは色々話しているみたいね。昔みたいに仲良く喋っているのは嬉しい限りだわ」

思い出話に花が咲くかと思われたが、唐突に神野は声を潜めた。

「でね、思い出したことがあるの。気になる話だから、伝えようと思ったっていうのも、ここまで来た理由なの」

何らかの情報提供か。緩みかけていた緊張感が再び高まる。

「事件の二ヶ月前のことよ。地下書庫に入ると誰かの話し声がしたの。こんなところで誰がと思ったけど、よく聞くと岡林さんが電話をしていたの。とはいえ電話なんてどこでもできるのに、敢えて地下書庫でするなんて不審じゃない。内密な電話だったのかなと疑っていたのよ」

詳細は不明だが。内密な電話……。確かに気になる。メモに残しておいた。

「それじゃあまた。捜査、頑張って。犯人を絶対に捕まえてよね」

神野は明るく手を振って去って行った。だが、疲れたように曲がった背中が、事件の影響を物語っていた。

彼女のためにも、犯人を一刻も早く逮捕しよう。俺はそう決意した。

「地下書庫での、内密な電話ですか」

岡林は怪訝そうな表情を浮かべた。まるで思い当たる節がないとでも言いたそうな顔だ。

「覚えていませんか。別の方が目撃されているんですよ」

志波が同じことを繰り返した。市役所の空き室での聴取だ。神野が目撃した内密な電話について話を聞いている。

「その目撃者の勘違いじゃないですか。残念ですが、私には記憶がありません」

気遣わしげに否定するが、岡林はふと真顔になった。

奇妙な間が空いた。その間、彼の顔は少しずつ青ざめていった。

「あ、でも」

「どうかされましたか」

問い掛けられ、岡林は気まずそうに咳払いをした。

「そう言えば、電話をしたことがあったかもしれません」

急な供述変更だ。怪しいが、とりあえず続きを聞いてみる。

「ですが、個人的な電話ですので。ここでお話しするほどのものではありません」

俺と志波は顔を見合わせた。

「話せない、ということですか。誰と電話していたかとか、その内容なども」

「そう受け取ってもらって構いません」

周囲に気を遣う彼にしては珍しく、はっきりした口調だった。

その後、俺と志波が代わる代わる問い掛けたが、どうやっても口を割らない。結局、この件は保留とせざるを得なかった。

「絶対に何か隠していますね」

岡林が帰った後の部屋で、志波が疑惑に満ちた目をして言った。

午後八時過ぎ。穂乃果との約束の時間になった。

雑誌の修復をしてもらった代わりにと、提示されていた交換条件だ。約束通り、俺はかつて図書館があった場所にいた。山の中の、木々に囲まれた鬱蒼《うっそう》としたエリアだ。夜ということで、一面真っ暗になっていて余計に鬱々としている。冷えた風が吹きすさび、コートを着てはいるものの、体が芯まで冷えていくようだった。

だが、そんな暗さも寒さも忘れてしまうような光景が、目の前に広がっていた。

「何だ、これ」

そこにあった建物に、俺は面食らっていた。三階建てで、見た目は以前の図書館と変わらない。てっきり取り壊されたのかと思っていたが、保存されているらしい。

「郷土資料館」と看板が掲げてあった。まさか生まれ変わっていたとは知らなかった。今は閉館時間で電気は消えているが、取り壊されなかったことは安心した。

しかし、どうしてここに呼び出したのか。指示通りベンチを探すと、十六年前と同じ位置に置いてあった。懐かしくなりながら裏面をしばらく苦労して手で探ると、冷たさと共に、何か硬いものの感触があった。テープで貼り付けられているようで、それを剝がして手に取る。外灯の明かりに照らして見ると、それはＳＤカードだった。

当然、ここに入っているデータを見ろということだろう。どうやら穂乃果は、俺がSDカードを使って証拠を確認していたのを見ていたようだ。それでスマホがSDカード対応だと気付き、こんな方法を思い付いたに違いない。停めていた車に戻って、スマホにそのSDカードを挿入すると、動画データが二件保存されていると表示された。車内に暖房をつけ、緊張が募る中、画面を触って一件目の動画を再生する。

『貴博、動画を再生してくれてありがとう』

日中の郷土資料館をバックに、穂乃果が登場した。カメラの方を見ながら、彼女は資料館を手で示す。

『旧図書館は、こうして取り壊されることなく利用され続けているんだ。ちょっと嬉しいでしょ』

確かに嬉しい。てっきりもうなくなっていると思い込んでいただけに、ほっとできるサプライズだ。

『でも、ここに来てもらったのは安心してもらうためじゃない。別の理由があるんだ』

そう言って穂乃果は少し間を空け、こちらに向けてその事実を告げた。

『ここに鱗太郎がいたからだよ』

これには面食らった。昼間にどこかに出掛けていたのは、ここに来ていたからなのか。

『きっと、懐かしかったんだろうね。三人で過ごした場所が』

穂乃果が珍しく優しげな目をした。郷土資料館に代わっても、ここは鱗太郎にとって思い出深い場所だったのだろう。

『散々市内を探し歩いて、ようやく会えた。盲点だったけど、言われてみれば一番に探すべき場所だったよね』

　そうつぶやきながら、穂乃果はなぜか右の方を見た。

『鱗太郎からのメッセージがある。見るよね』

右側から誰かが現れた。金髪にピアスをたくさん付けた男性——鱗太郎だった。

まさかの登場だった。俺は感情を整理できないまま、暖房が利いた中でも、震える手でスマホを摑み続ける。

　容疑者と秘《ひ》密裡《みつり》に会うのは刑事としてのタブーだから、動画を通して話をしようという配慮らしい。でも、スマホの画面越しで良かったと思う。いきなり直接会っていたら、色々な感情が爆発してどうなっていたか分からないからだ。

　だが、一抹の不安が胸をよぎった。

——この動画を、俺は見て良いんだろうか。

鱗太郎を放っておいて、図書館に通わなくなった俺にそんな権利があるのか。手の震えがさらに強まるが、そんな不安をよそに、動画は進み続ける。穂乃果はフェードアウトして、鱗太郎が画面中央に来た。彼はためらうように下を向いてから、ようやく口を開いた。

『久しぶりだね、貴博』

第一声は、俺への呼びかけだった。

断章二

図書館で、穂乃果、鱗太郎と楽しい時間を過ごしていたのも一瞬のことだった。季節が秋を過ぎ、冬になると同時に、僕にとって良くない出来事が起こり始めていた。

「あれえ、瀬沼じゃん。どうしてここにいるんだ」

ランドセルを背負った小学生男子三人が、僕の顔を覗き込んでいた。冷たさを感じる北風が吹きつける、図書館の入り口前でのことだ。

「学校には来ないのに、図書館には通っているのか」

「おかしいだろ。そんなのサボりだ」

男子たちは口々に責め立てる。そのどれにも反論できず、ただ屈み込むことしかできなかった。

「お前、学校来いよ」

「逃げるなよ」

軽い蹴りが腰に当たったった。痛いわけではなかったが、心臓がドクンと鳴って跳ね上がったように感じた。このまま死ぬんじゃないかとさえ、本気で思った。

いじめっ子の男子たちが僕の居場所に気付いたのは、ほんの些細《ささい》な偶然がきっかけだった。というのも、彼らの一人が図書館の近くに住んでいて、帰宅する僕の姿を見かけていたというのだ。あまりにも見かけるものだから気になって見張っていると、図書館から出てくるところを目撃した。その後は、仲間を連れて押し掛けてきたというわけだ。

「こいつ、何も言わないな。学校に来る気、ないんじゃないか」

男子たちが、返事をしない僕にいら立ち始める。入り口前という目立つ場所で囲み続けるのもまずいと考え始めただろうか。

あきらめて立ち去ってくれ。そう願ったが、そこで一人が脅すように言った。

「お前が学校に来ないのなら、まあいい。榎本が犠牲になるだけだ」

その言葉を聞いて、腹の底が冷たくなった。いつもプリントを届けてくれる裕也——僕の親友がいじめられているのか。しかも、僕の代わりとして。

「どうするんだ、瀬沼」

にやつく男子たちに囲まれ、吐きそうになった。最近お母さんが作ってくれるお弁当も、嫌な思いも、全部まとめて吐き出したくなる。

「ちょっとあんたたち、何してるの」

勝ち気な声が飛んだ。怖くて顔は上げられなかったけど、穂乃果が助けに来てくれたということだけは分かった。それだけで救われる思いだった。

「何だ、お前。邪魔すんなよ」

男子の一人が大声を出すが、彼女は怯《ひる》まなかった。

「そっちこそ邪魔しないで。私、彼に用事があるの」

ランドセルを背負った穂乃果は、足音を荒くして僕に近付き、腕を取って立たせた。僕はほとんど彼女に寄り掛かるようになっていた。

一瞬間が空き、男子たちが一斉に笑った。

「そんなにくっ付いて。ラブラブだね。ヒューヒュー」

顔が赤くなるのが分かった。僕だけでなく、穂乃果まで馬鹿にされたのが屈辱だった。

「あんな奴ら、無視したらいいよ」

尖った口調のアドバイスが飛んでくる。無視はしたい。でも、心がそれに追いついてくれないのだ。

穂乃果は僕を引きずるようにして、図書館の中に連れて行った。だが、男子たちは入り口から覗き込み、ついには連れ立って中に入ってきた。

「おい、逃げるなよ」

書棚の間の狭い空間で囲まれ、逃げ場がなくなった。穂乃果も助けようとしてくれるが、男子の一人にガードされて近付けない。

「卑怯《ひきょう》者。そこをどいて」

悲痛な声が響くが、男子たちは駆け込む隙間を開けたりはしない。それでも男子の一人を押す穂乃果だったが、その男子がとうとう彼女の肩を突いた。

「きゃっ」

「穂乃果」

勢い余って、彼女は尻もちをつく。僕は慌てて呼びかけたが、穂乃果という名前を聞いて男子の一人がにやりとした。

「穂乃果……島津穂乃果か。お前がそうだったか。五年生で孤立している、気の強すぎる女子ってのは。学校に友達がいないから、こんな場所に来ているんだな」

彼女の顔に怒りの表情が走る。聞いてはいけないことを聞いてしまったようで、耳を塞ぎたくなった。

もう何もかも終わりだ。そう絶望した。せっかく築き上げた図書館での生活も友達も、これで全部なくしてしまう——。

「君たち、ちょっといいかな」

背後から優しい声が掛かった。皆が揃って振り向くと、そこには司書の神野さんが微笑んで立っていた。

「図書館では静かにね。他の利用者さんたちの迷惑だから」

男子たちは気まずそうな表情をしたが、すぐにかしこまって頭を下げる。

「すみません。気を付けます」

彼らは大人を騙《だま》すのが得意だ。学校でも先生に取り入って、いじめなんてなかったことにしてしまった。

神野さんも騙されてしまう。苦いものを感じた。

「気を付けるとか、そういうこと以前の問題でしょ」

神野さんの声が厳しくなった。普段の優しい声とは違って、本気で叱っている時の声だ。

「これっていじめよね。しかも止めに入った子を突き飛ばして。だめじゃない、そんなことをしちゃ」

騙されず、きちんと怒ってくれた。それだけで、涙が出るほどありがたかった。

「図書館は誰でも来ていい場所だけど、いじめをするんなら容赦はしないわ。徹底的に追い出すから、覚悟しなさい」

鋭く睨み付ける。男子たちは互いを見合い、腰が引けたようになっていた。

「ああ、もういいや。図書館なんてつまんない」

彼らは捨て台詞を残し、一人、また一人と逃げるように去って行った。

「貴博くん、大丈夫？」

神野さんが手を差し伸べてくれる。僕は恐る恐るその手を取った。

「穂乃果ちゃんも、無事かな」

座り込んでいた穂乃果にも声が掛かる。彼女は慌てたように立ち上がり、ええまあ、とあいまいな返事をした。

「あの子たちがまた来ても大丈夫。私が追い返してあげるから」

神野さんは力こぶを作る真似をした。何だかおかしくて、口元が緩んだ。

「図書館の平和を乱す人は許さない。それが司書の仕事よ。そして、あなたたちのことを馬鹿にする人も許さない。これは私個人としての考え」

頼もしい言葉だった。神野さんという司書に出会えて良かった。心の底からそう思った。

「ほら、鱗太郎くんも心配しているよ」

神野さんに促されて見ると、書棚の角から鱗太郎が顔を覗かせていた。不安そうなその顔が何だかおかしく、思わず吹き出してしまった。

穂乃果も笑い、鱗太郎も笑った。緊張が解けたのか、僕たちは声を抑えながら笑い続けた。


それからというもの、男子たちが図書館に来ることはなかった。

ほっとしたが、いつまた来るかと思うと不安は残る。でも、神野さんがいる限り何度でも追い返してくれる。そう信じているから通い続けることができた。

穏やかな日々が戻ってきた。そう感じたが、それもやはり一瞬のことだった。またしても、僕たちの平和を乱す事件が起こったのだ。

「貴博。大変だ」

ある日の朝、図書館にやって来ると鱗太郎が慌てていた。もこもこの黒いセーターを着た彼は、舌をもつれさせながら、カウンターの方を指差している。

そちらを見ると、神野さんと、青っぽい制服のようなものを着た中年男性が話し合っているところだった。

「あの人がどうしたの」

「あの人、警察の人だよ」

目を凝らすと、確かに男性の服の胸には「七川警察署」の文字があった。

「警察官が、どうしてここにいるの」

「多分、ぼやのことだよ」

なるほどと思った。最近、図書館の周りで小さな火事が連続して起きている。その事件に、ついに警察が動き出したらしい。

「でも、誰が犯人なんだろう。図書館に恨みでもあるのかな」

自然にそうつぶやいたが、鱗太郎は危機感に溢《あふ》れた声で言った。

「何言っているの。あのいじめっ子たちの仕業かもしれないじゃない」

背筋が一気に冷たくなった。図書館に入れなくなった分、今度は周りで火事を起こしているというのか。

「そんな、まさか」

「でも、火事が起こり始めたのって、いじめっ子たちが来た後からだよね」

その通りだった。いじめっ子が来た翌週から、ぼやは始まっていた。

「だったら、僕のせいなのかな」

気持ちが落ち込んだ。自分のせいで図書館に迷惑を掛けているというのは、とてもつらい気分だった。

「それなら、犯人を追い詰めよう」

勇ましいことを言ったのは鱗太郎だった。彼にしては珍しい。

「これ以上、図書館の人たちが困っているのを見たくない」

その言葉には同意できた。しかも、それが僕のせいならなおさらだ。

「よし、僕たちで捜査をしよう。警察の捜査は待っていられない」

今度は僕が勇ましくなった。警察に期待しなかったわけではない。でも、誰よりも早くこの手で犯人を捕まえ、自分の責任をチャラにしようという計算があった。

今にして思えば無謀だった。だけど、その時はそれしかないと考えてしまっていたのだ。


ノートとペンを手に、図書館の周りを巡った。

ぼやが起こった現場の特定は難しいと思ったけど、いくつかは結構すぐに見つかった。近所の家の人が教えてくれたのだ。今日は寒い上に風が強かったので、長時間うろうろせずに済んでラッキーだった。

「夕方の散歩に出ようとしたら、お菓子の袋が燃えていたのよ。大きな火じゃなかったから、バケツ一杯の水で消えてほっとしたけど」

「日が暮れかけた頃、窓の外が妙に明るくなっていたから覗いたら、捨てられた新聞紙が燃えていたんだ。大した火じゃなかったから、通りかかった人が上着で叩いて消していたよ」

主婦のおばさんも、大学生らしいお兄さんも、ぼやの発見をそう説明してくれた。学校の宿題で、地域の防災について調べているとごまかして聞き取った結果だ。

「やっぱり、図書館の周りで起こっているね」

ノートに書いた地図とにらめっこをする。ぼやの現場は四件分かっており、それらは図書館をぐるっと円形に囲んでいた。

「狙いは図書館なんだね」

鱗太郎が、寒さとは関係なく震え上がった。今さらながら怖くなってきたらしい。

「僕への嫌がらせなら、筋は通る」

取り囲んでじわじわ恐怖を与えていく。あいつらがやりそうなことだ。

「一旦戻って考えよう」

僕たちは捜査を切り上げ、図書館に帰った。入り口前のベンチに座って、作戦会議の始まりだ。本当は暖房の利いた館内に入りたいけど、図書館で長い間喋るのはマナー違反だから我慢する。びゅうびゅう吹いている風の中、推理を組み立てていく。

「気になるのは、火があんまり燃えていないことかな」

僕は問題点を指摘した。話をしてくれた人は皆、火はちょっとしか燃えていなかったと言っていた。すぐに消えてしまった、とも。

「被害が大きくならないよう気を遣ったのかな。それとも、何かのメッセージ？」

あいつらが気を遣うことはなさそうなので、だったらやはりメッセージなのか。

「火をつけてすぐに立ち去っているんじゃないの」

背後から声が掛かって驚いた。振り向くと、ランドセルを背負った穂乃果がそこに立っていた。風で乱れる長い髪を手で押さえていて、白いマフラーを首に巻いている。

「何だ、見ていたのか。声を掛けてくれても良かったのに」

「一生懸命に喋っていたから、何かなと思って観察していたの」

彼女は空いていた俺の隣に無理やり座り、ノートを奪い取った。

「あ、ちょっと」

「へえ。よく調べたじゃない」

素早くページをめくり、ふうんと息を吐く。

「やっぱり、犯人は火をつけてすぐに立ち去っているみたいね」

「どうしてそんなことが分かるの」

鱗太郎が不思議そうに首を傾《かし》げる。

「火があんまり燃えていないってことは、しっかり燃え上がるのを犯人が見守っていないっていうこと。火をつけてその場に留まっているのに、火をちゃんと燃やさないのはおかしいでしょ。そうなると、火がしっかり燃え上がるより前——火をつけてすぐに立ち去ったってことになる」

なるほど。燃え上がらない火の前にいるだけの放火犯なんて聞いたことがない。穂乃果の考えは正しいのだろう。

「あ、でも、被害が大きくならないよう気を遣ったっていうことはないかな。さっき話に出たんだけど」

鱗太郎が問う。僕が先ほど出した考えだ。

「火って、そんなに簡単に抑え込めるものじゃないと思う。小さな火になるよう調節するなんて、逆に難しいんじゃない」

言われてみればそうだ。何回も起こっているぼやが、どれも小規模なのは調節したからではないだろう。

「だけど不思議。放火犯って、大抵自分が起こした火を見守るものっていうイメージがある。せっかく火をつけたのに、燃え広がるのを確認しないと意味がないじゃない。どうして見守らず、すぐに立ち去ったのかな」

穂乃果が眉間に皺を寄せた。確かにそれは奇妙だ。でも、そこが分かれば犯人を追い詰められそうな気がする。

「犯人はやっぱり、僕の同級生たちなのかな」

思わずつぶやいてしまう。穂乃果はそんな僕を注意するように見つめた。

「先入観は禁物。思い込みは捨てていかないとね」

あいつらではない可能性もあるということか。想像しなかったわけではないが、期待していた答えではなかった。

しばらく、無言でノートを見つめた。そこに真相に繋がる何かが書かれていると信じて。

どれぐらい経っただろう。図書館の裏手の方から、急に女性の悲鳴が上がった。

「何、今の」

鱗太郎が声を震わせる。僕も怖かったが、六年生としての意地があり、一番に立ち上がった。

「行ってみよう」

僕は駆け出した。穂乃果が走り出すのもほぼ同時だった。遅れて鱗太郎が追ってくる。

裏手に回ると、見覚えのある若手の女性司書さんがへたり込んでいた。

「どうしましたか」

息を切らせて叫ぶと、彼女は外壁の角のあたりを指差した。

そこでは、紐《ひも》で縛られたハードカバーの本の束が燃えていた。


「三人ともありがとう。助かったわ」

閉館間際の館内で、神野さんが何度も感謝の言葉を掛けてくれた。褒められすぎるのは恥ずかしいが、それだけのことをしたのだと思うと嬉しい。ポケットに入れた手がもじもじしてしまう。

「ぼやを見つけた司書さんは怖くて動けなかったらしいの。三人が大人を呼んでくれて助かったわ」

あの時、僕たちは図書館の司書さんたちを呼びに走った。そしてその人たちと一緒に駆け付け、消火活動にも参加した。バケツリレーへの参加は、消防の人にも褒められたぐらいの好プレーだった。

「でも、火が弱くて良かったわ。本って案外燃えにくいのね。すぐに消えて安心したわ」

神野さんの言う通り、本は燃えにくかった。ハードカバーの本の束は数こそあったものの、それほど燃え上がっておらず、バケツリレーですぐに消火された。風が強かったこともあるが、紙の集まりだから燃えやすいという先入観は打ち消された。

「またしても、火が弱かった」

穂乃果がぼそぼそとつぶやいている。この連続するぼやで火が弱いのは共通している。彼女の指摘通り、犯人は火をつけてすぐに立ち去っているからだろうか。

「さあ、もう外は暗いわ。そろそろ帰る時間よ」

季節は冬だ。閉館時間にもなると、もう外は真っ暗だ。僕たちは神野さんに一礼し、揃って図書館を出た。外は寒いが、ポケットにずっと突っ込んでいた手はまだ温かかった。

「あのさ」

門を出たところで、思い切って口を開いた。ポケットの中の手には、変わらず紙の感触がある。

「どうしたの。そのポケットに突っ込んだままの手に何かあるの」

穂乃果はお見通しだった。観念して手を抜き、摑んでいた紙切れを見せる。

「ぼやの現場で、これを拾ったんだ。多分、犯人が落としていったものだよ」

「『学級新聞』？」

覗き込んだ鱗太郎が、外灯の明かりで紙切れの文字を読み上げる。ほとんどが燃えて、残っていたのは端っこだけだが、若干の文章と、学級新聞という文字ははっきりと残っていた。

「手書きね。特徴的な書き方だから、調べれば特定できるかも」

穂乃果がじっと文字を見つめる。だが、調べる必要はなかった。

「これ、僕のクラスの学級新聞だよ」

穂乃果と鱗太郎の目が丸くなった。まさか、と思っているのだろう。

「『学級新聞』の文字は、先生が毎回手書きで書いているんだ。だから、見たらすぐに分かる。面白い内容で、保護者にも人気で毎号楽しみにしている人が多いんだ」

定期的に届けられる学級新聞。僕は惨めだけどそれを全部読んでいた。学校に通えていないのに、いや、通えていないからこそ学校であったことが気になったからだ。でも、読めば読むほど自分が不登校であることが自覚されてつらくなった。それでも読むことをやめられず、泣きたくなることが何度もあった。

「しかもこれ、僕が見たことのない号だ。最新号かも」

若干燃え残っている文章を読んで断言した。今日あたり、学級新聞が届くはずだった。帰って確かめていないので、最新号の内容にはまだ見覚えがない。

「だとしたら、犯人は今日もらった学級新聞を現場に落としていったことになる」

穂乃果が真剣な口調で言った。

「犯人は、貴博のクラスメート。まさかの、あいつらね」

ついに証拠を摑んだ。これで、奴らを追い詰めることができる。

「今夜、学級新聞の最新号を確認しておいて。その上で明日、あいつらを追い詰める作戦を練りましょ。見てなさい、私を突き飛ばした仕返しは甘くないんだから」

穂乃果は気合いの入った声で、敵意を剝《む》き出しにした。


だが翌日、僕は渋い顔をして穂乃果に報告することになった。図書館前の、ベンチで三人揃ってのことだ。

「昨日、学級新聞は届いていなかったよ」

届けられていたのは保健だよりぐらいで、学級新聞はどこにもなかった。証拠として、届いていた保健だよりを穂乃果に見せる。プリントはいつもまとめてクリアファイルに入って届くので、そのままの状態で見せた。お母さんに聞いても、届けられたのは確かにこれだけだという。

「じゃあ、あの学級新聞は一体何だったんだろう」

鱗太郎が首を捻る。僕も、何だかすっきりしなかった。大事なことを見逃しているような気分だ。

「そんなはずは……」

穂乃果が戸惑いの表情を浮かべる。だが、すぐに目を見開き、何かを閃《ひらめ》いたような顔つきに変わっていった。

「そういうことか」

納得顔で、彼女は頷いた。

「何か分かったの」

「そうだね。犯人が分かった」

迷いなく言い切った。戸惑っていたのが嘘のようだ。

「犯人はあいつらじゃないの」

鱗太郎が身を乗り出すが、彼女はそれを手で制した。

「行きたいところがある。一緒に行きましょ」

彼女はベンチから立ち上がり、勝ち気な黒目を鋭く光らせた。

「あなたが、ぼや事件の犯人ね」

穂乃果は、静かにそう切り出した。犯人と名指しされた人物は、驚愕《きょうがく》に目を見張っている。

「ぼやって何のことかな。それに、君は……」

「いいから話を聞いて。図書館の周辺で連続した放火事件。そこにはおかしな点があった。火があまり燃えていない点ね。それを私は、放火犯が火が燃え上がるのをきちんと見届けずに去ったからだと考えた。普通、放火犯というのは火が燃えるのを見て楽しむもの。奇妙だけど、こう考えれば納得がいく。放火犯は、火がきちんと燃えることをそれほど大事だと思っていなかった」

火が燃えることを重視しない放火犯。何だか矛盾しているようだが、穂乃果は自信がありそうだ。

「つまり、放火犯にとって、大火事になることはそれほど重要じゃなかった。火事が起こったということ自体が大事だったの」

名指しされた人物は、そっと唇を噛んだ。まさか当たっているのか。急激に喉が渇いていくのを覚えた。

「火事を起こして騒ぎにする。それが狙いだったんだよね」

覗き込むようにして質問が放たれる。しかしその人物は目を逸《そ》らし、それには答えなかった。

「しょうがない。だったら、あなただと特定できた根拠を言うね。根拠はこれ」

彼女は、あの学級新聞の切れ端を取り出した。その人物はあっと息を漏らす。

「どうして、っていう顔だね。あなたは放火をした時、学級新聞を落としたの。大方、ライターを取り出す時、引っ掛けて落としてしまったんでしょう。そして気付かずに焦がしてしまった。回収できなかったのが運の尽きね」

その人物は青ざめて言葉もない。それもそのはずだ。これは些細なようでいて、致命的なミスだったからだ。

「そして貴博は、この学級新聞に見覚えがないと言っている。毎号じっくり読んでいるはずの彼がね。ということは、この学級新聞は本来貴博に届けられるものだったと考えることはできないかな。届けられる前に燃えてしまったから、読んでいなかった。筋が通るね。と言うより、こう考える以外に筋は通らないの。いつも必ずプリントを届けていたあなたが、唯一この学級新聞だけは届けられなかった。それは燃えてしまったからだ、と」

　穂乃果は言葉を区切り、彼のことを正面から見据えた。

「そうだよね。いつも貴博にプリントを届けてくれていた、親友の榎本裕也くん」

　僕のクラスメートにして親友の裕也は、青ざめて唇を震わせていた。僕が穂乃果と鱗太郎を案内して来た、彼の自宅の部屋で。

「どう。罪を認めるの」

　容赦なく、穂乃果は追及する。裕也は怯えたようにぶるぶると首を振った。普段の穏やかで優しげな顔立ちは見る影もない。

「僕じゃない。学級新聞は、届けるのを忘れていただけなんだ」

「そうかな。昨日、保健だよりは届けたんだよね。それなのに、一緒に渡されたはずの学級新聞だけ渡し忘れるっていうのは、考えにくいんじゃないかな。それに、忘れていたんなら、今、その分の学級新聞を出せるはずだよね。さあ、出してみて」

　裕也は返す言葉がないようだった。無言で下を向いている。

「学級新聞だけ紛失したっていう反論もナシね。貴博に届けるプリントはいつも、クリアファイルにまとめて入っている。学級新聞だけなくして、一緒に入っていた保健だよりだけ無事っていうのはまずあり得ないと思う」

なるほどと頷きかけて、僕は思わず首を捻った。

「でも、それだと火をつけた時に、学級新聞だけ燃えたのはおかしくないの。保健だよりは無事僕に届いたんだから、燃えていないんだよね。でも、学級新聞だけが都合よく燃えるなんてこと、あるのかな」

気分良く喋っているところ申しわけないが、と思ったが、穂乃果はフフンと鼻を鳴らした。

「その謎も解けている。貴博に届くはずだった学級新聞と保健だよりは、どちらも燃えてしまったんだよ」

えっ、と声が漏れた。それだと辻褄《つじつま》が合わないんじゃないか。

「だけど、僕のところに保健だよりは届いているよ。燃えていないんじゃないの」

「その保健だよりは、榎本くんのもの。彼は、貴博に渡す学級新聞と保健だよりを両方燃やしてしまったから、仕方なく自分の分を渡したんだよ」

納得した。裕也は、自分の分と僕の分、二セットのプリントを持っていた。一セットが燃えてしまっても、まだもう一セット残っていたというわけだ。

だが、また疑問が湧いてくる。

「あれ。でも、それなら学級新聞も自分のものを僕に届ければ良かったんじゃないの。

それなら疑われずに済んだのに」

　保健だよりと同じで、学級新聞も二部あったはずだ。どうして裕也は残った一部を届けなかったのか。

「学級新聞には、保護者のファンも多いんだよね。榎本くんの親御さんも、学級新聞を待ち望んでいたんじゃないかな。親御さんをがっかりさせたくなくて、学級新聞だけは自分の分を渡してしまうわけにはいかなかったんだよ」

　筋が通った。少し複雑だったが、これなら裕也が放火をしたということが明らかになる。

「実際に起こったのはこういうことだと思う。放火現場で、ランドセルからライター——親のものでもくすねたんだろうね——を取り出そうとして、貴博のプリントが入ったクリアファイルを落としてしまった。それに気付かないまま火をつけた時に、あの日強かった風に吹かれてクリアファイルから二枚のプリントが飛んで、火の中に入ってしまった。あっという間に燃えたから回収できず、しかも放火を目撃されるのを恐れて、あなたはクリアファイルだけを回収してすぐに逃げた。でも、学級新聞の方だけは燃え残って私たちに見つかってしまったの」

　反論しようのない、見事な推理だった。だけど、火をつけるなんていう怖いことを、裕也はどうしてしてしまったのか。僕の頭の中は疑問だらけだった。

「裕也、どうしてこんなことを」

恐る恐る尋ねるが、答えは返ってこない。彼の表情は、普段とは違って苦悩に満ち溢れて歪《ゆが》んでいた。するとだんまりの彼に代わって、穂乃果が口を開いた。

「火事が起こったということ自体が大事だった。ポイントはそこ」

わけが分からない僕に、彼女は丁寧に説明してくれた。

「榎本くんの立場と、ぼやの影響を考えれば答えは出る。まず、榎本くんは学校で貴博の代わりにいじめられていた。これはあのいじめっ子たちが言っていたことね」

取り囲まれた時に、いじめっ子たちが確かにそう言っていた。目を逸らし続けていたが、裕也は苦しんでいたのかもしれない。

「そして、図書館の周りで火事が起これば、当然地域の人たちは警戒する。この二つを合わせれば、彼の動機もはっきりするんじゃないかな」

言われてもまだ分からない。僕の戸惑いを感じ取ったのか、穂乃果は答えを口にする。

「火事を警戒した地域の人が、まず何を守ろうとするか。自分の身は当然として、小さな子供も守ろうとするよね。そうなると遅かれ早かれ、ぼやが起こっているうちは、子供を図書館に近付けないようにすると思う。図書館に通っている私たちも、そこには含まれるはず。これこそが榎本くんの狙い。私たち——特に貴博を図書館から引き離すことで、本来いるべき場所に戻そうとした。その場所は、学校に他ならない。榎本くんはぼやを起こすことで、貴博を学校に復帰させようとしたのよ」

そんな思いがあったのか。裕也を見ると、彼は気まずそうに視線を落としていた。

「貴博が図書館通いをしていることは、いじめっ子から聞いて知っていたはず。むしろ、そのことを彼らから聞いて、放火を思い立ったんじゃないかな。そうすれば、行き場をなくした貴博が学校に戻って来ると信じて」

あの男子たちは、図書館に来た後すぐ、僕のことを裕也に伝えたに違いない。その直後に裕也が火をつけ始めたことで、ぼや発生は彼らが来た翌週という近いタイミングになったのだ。

「もちろん、そんなに簡単にいくはずがないとは思っていたでしょう。でも、藁にも縋る思いだったんじゃないかな」

「それじゃあ、貴博の不登校をやめさせようという気持ちだけで、火事を起こしたってことなの。放火は悪いことだけど、そこまで友達のことを思っていたんだ」

鱗太郎が感心している。だが、そんなに美しい話ではないだろう。

「もちろんその気持ちもあっただろうけど、本心は自分が助かりたかったんだと思う。榎本くんは、不登校になった貴博の代わりにいじめられていた。きっと、貴博が復帰すれば、自分はいじめのターゲットから外れられると考えたのよ。だから放火なんていう大胆な手段を使って、私たちの居場所を奪おうとした」

「ごめんなさい！」

裕也は頭を下げた。カーペットに額をこすりつけようかという勢いだった。

「この子の言う通りだよ。貴博が戻って来れば、あいつらはまた貴博をいじめて、僕はいじめのターゲットから外れられると思ったんだ」

洟《はな》を啜《すす》りながら、裕也は続ける。

「でも、そんなのは良くないことだ。友達を犠牲にして自分だけ助かろうとしているんだから。そんなことは分かっていた。でも、僕はつらかったんだ。毎日あいつらにいじめられて、もうボロボロだったんだよ」

裕也は頭を上げない。優しい彼だからこそ、ここまで悩んでしまったんだろう。

「親友失格だ。貴博、僕のことを好きなだけ殴ってくれ」

そう言われるが、もちろん殴るなんてことはしない。僕は彼の肩にそっと手を置いた。

「裕也。ごめん。僕のせいでつらい思いをさせたね」

意外そうに、裕也が顔を上げる。

「そんなことはない。本当につらかったのは貴博の方だ」

「ううん。僕はまだマシだった。いじめられてはいたけど、裕也が近くにいてくれたから」

いじめられても励ましてくれていた彼のことを思い出す。どれほど頼もしかったことか。

「裕也には、僕にとっての裕也みたいな人がいなかった。それはつらい。僕よりも大変な思いをしたはずだ。責められない」

裕也の顔がぐにゃっと歪んだ。彼の目から、大粒の涙がこぼれ落ちる。

「ごめん。ありがとう」

裕也はまた頭を下げる。もういいってと僕が起こすと、彼は弱々しく微笑みかけた。

「やっぱり、貴博は僕の親友だ」

久しぶりに、裕也と正面から向き合えた気がした。

裕也は、ぼやを起こしたことを両親に告白した。警察にも連れて行かれて、親、警察官など多くの人に厳しく怒られたらしい。だが、幸いにして厳重注意だけで帰された。裕也が正直に語った事情が事情だった上、ぼやで大きな被害は出ていなかったことが助けになった。数日学校を休んだ後、彼は学校に復帰した。

裕也の親から学校に連絡が行き、いじめっ子たちは裕也以上に厳しく怒られたそうだ。少なくとも直接的な暴力はなくなったと、裕也は図書館まで来て報告してくれた。

とはいえ、いじめは終わったわけじゃない。暴力はなくなっても、陰口や仲間外れなどはまだ続いている。そんな環境に、裕也を一人でいさせるのはどうなのか。僕は自分がどうするべきか考え続けていた。


「貴博、話があるんだ」

冷え込みが厳しくなる十二月の半ば。暖房の利いた図書館の椅子でぼうっとしていると、鱗太郎が声を掛けてきた。何やら思い詰めた表情をしている。

「どうしたの。あ、ここ座ったら？」

隣の椅子を勧めるが、彼は首を振った。

「言いたいことがあるんだ」

緊張のためか唇を震わせながら、彼は立っている。ただごとではないと感じ、僕は姿勢を正した。

そんな僕を見下ろしながら、鱗太郎は目をつぶって言った。

「貴博、図書館通いはやめて、学校に戻ってよ。そして、けじめをつけるためにもうここには来ない方がいい」

予想はしていた。いつかそう言われるんじゃないかと。でも、そう簡単には同意できなかった。

「僕がいなくなったら、鱗太郎はどうするの。穂乃果が学校帰りに来るまで、ずっと一人だよ」

事情はよく知らないけど、彼の居場所はここだけのはずだ。そして友達も、僕と穂乃果だけ。たった二人しかいない友達の一人を失うのがどれだけつらいことか、想像はできるつもりだ。

「僕なら大丈夫。穂乃果がいるから、何とかなるよ」

鱗太郎はにこっと笑うが、口の端が明らかに引きつっていた。

やっぱり置いてはいけない。そう思った。

「僕、図書館に通い続けるよ。やっぱりここ、居心地がいいし」

「だめ。ずっと学校を休んでいて、将来どうするの。それに、榎本くんのこと、放ってはおけないんでしょう」

そう言われても、鱗太郎のことも放ってはおけない。迷って混乱してしまう。

「貴博はもうすぐ中学生でしょ。中学になれば、人間関係も変わって過ごしやすくなるよ」

確かに、裕也から聞いた話では、いじめっ子たちはほぼ全員、僕や裕也とは学区が違うので別の中学校に入る。いじめは自然になくなるはずだった。

「もう、いいんじゃないかな」

鱗太郎がぽつりとつぶやいた。目を潤ませながら、彼は続ける。

「図書館は僕たちを守ってくれる場所だけど、いつまでもいるところじゃない。ひな鳥が巣立つみたいに、いつかはさよならしないといけないんだ」

声が震えている。きっとこの言葉は本心だけど、それでいて本心じゃないのだろう。

「僕もいずれここを巣立つよ。だから、貴博は一足先にここを出て、外で待っていて。必ず、追いつくから」

もう何も言えない。何を言ったところで、結論は変わらないからだ。

「分かった。学校に戻るよ」

僕は力強く宣言した。

「そっか。いよいよね」

声がしたので振り向くと、ランドセルを背負った穂乃果がいた。学校が終わる時間になっていたようだ。

「聞いていたかな。ごめんね」

頭を下げるが、彼女はやめてと言った。

「謝らないで。いつかはこうなるの。それが早いか遅いかっていうだけなんだから」

彼女とは、学年は違っても同じ学校に通っている。だから仲良くし続けることはできる。頭ではそう考えることができた。でも、そんなことは不可能だと、直感的に理解していた。学校には学校の人間関係がある。僕たちの友情は、この場所だけでしか成り立たないのだ。

ここを離れるということは、穂乃果、鱗太郎とはもう仲良くできないということ。胸がきゅっとなって、息が苦しかった。

「前を向いて」

ぼそぼそと小声で言われた。どうやら穂乃果が言ったらしい。珍しく、顔を赤くしてうつむいている。

「後ろは振り向かないで。まっすぐ前を向いて、頑張って」

彼女らしくない、真っすぐなエールだった。でも、だからこそ心に沁《し》みた。

「ありがとう。二人とも。僕、頑張ってみるよ」

もう一度、前を向いてみようと思った。


三学期から、学校に復帰した。いじめは少し残っていたものの、僕と裕也が協力し合っているのを見て、いじめっ子たちもいじめにくくなったのだろう。あっさりと嫌がらせをやめた。学校は考えていたよりもずっと楽しく、遅れていた勉強も先生が教えてくれたので追いつけた。短い三学期だったけど、とても充実して感じられた。

卒業間近、穂乃果が引っ越すという噂を聞いた。本当かどうか確かめようと、図書館にまで足を運んだけれど、中には入れなかった。これ以上踏み込んではいけないような気がしたからだ。僕はそのまま引き返した。鱗太郎は一人になるんだと思って心が痛んだけど、それ以上何かができるわけでもなかった。

中学校に進学すると、予定通りいじめっ子たちとは学校が別々になり、より過ごしやすくなった。裕也とは親友でい続け、思い出深い中学生活を送ることができた。図書館にはもう通わなくなり、後ろめたい気持ちは残っていたものの、記憶は薄れていくのが分かった。たまには顔を出そうという発想も湧かなくなっていた。

その後、裕也とは高校も一緒になった。大学では別々になってしまったけど、その後も連絡を取り続ける仲だ。

いじめを受けた経験から、僕は警察官になった。悪いことは悪いとはっきり言えるこの仕事には、誇りを持っている。そして図書館で過ごした経験から、苦しい思いをしている人に寄り添う力も身についたと思う。

色々な経験が、僕という人間を形作っていた。

そして、いつしか自分を「俺」と呼ぶようになり、刑事になって数年。

俺はＳＤカードに入っていた鱗太郎の動画を前に、あの日の別れに正面から向き合うことになる――。

# 第五章　彼は事件を見ていた

彼は事件を見ていた

『久しぶりだね、貴博』

金髪ピアスの若い男性が言った。スマホの画面の中、鱗太郎が郷土資料館をバックに俺に話しかけている。停めた車の中で、俺はその動画をじっと見つめていた。

『十六年ぶりかな。何から話していいのか、よく分からないけど』

恐る恐るといった風に喋るその顔は、間違いなく彼だった。周囲を窺い、びくびくしている様子も相変わらずだ。

『でも、これは言っておかないとね。穂乃果から聞いたんだけど、僕のこと、ずっと覚えていてくれたんだって。嬉しかったよ。ありがとう』

感謝の言葉を掛けられた。俺は、鱗太郎の前から去って行った側だというのに。相変わらず優しいな、と懐かしさが込み上げた。

『貴博のこと、ずっと友達だと思っていたよ。置いて行かれたなんて感じたことは一度もない。僕は嘘つきだけど、今だけは正直な気持ちを伝えているよ』

その言葉が聞けて、俺は胸が詰まった。十六年間、ずっと喉につかえていたものが取れて楽になった気分だ。

『もっと早くに言えていればよかったんだけど。遅くなってごめんね。穂乃果とも図書館でたびたび会っていて、話したかったんだけど、声を掛ける勇気がなかったんだ。

穂乃果は立派に司書になったのに、僕は無職で小説家になるなんていう無茶な夢を語っているだけ。立場の差がありすぎた』

そんなに謙遜《けんそん》する必要はない。そう声を掛けたかった。俺たちは友達なのだ。そこに立場の差なんてありはしない。

『貴博、また会いたいな。会って話がしたい』

視界が潤んだ。ずっと背負っていた重荷を、静かに下ろせた気分だった。

それから、鱗太郎は思い出話を語った。目の見えないおばあさんとの交流、ぼや騒ぎの捜査、そして別れの時。悲しい話題もあるはずなのに、ずっと穏やかな気持ちで話を聞くことができた。

だが、いつまでもこの温かい空気に浸っているわけにはいかない。鱗太郎が不意に表情を真剣なものに変えたのだ。

『さて、ここからは事件の話』

充分に話し終えたところで、声のトーンが変わった。

『貴博が刑事だっていうことは聞いた。捜査の助けにってわけじゃないけど、そろそろ正直に話そうと思う』

静かな口調だった。ごまかしのない、真っすぐな口調でもある。

『本当は、ある人との「約束」があったから正直に話せなかったんだけど、穂乃果が掛けてくれた言葉で目が覚めたんだ』

約束を守って嘘をついていたというのか。気になるが、動画越しなので質問はできない。黙って見守るだけだ。

『穂乃果がこう言ってくれたんだ。「あなたの証言次第では、犯人逮捕に大きく近付くかもしれない。鱗太郎だって、図書館を燃やした犯人には早く捕まってほしいでしょ。被害者や、その他被害に遭った人たち、それに多くの本たちの無念を晴らすためにも、協力してほしい」って。それで目が覚めた。僕は、本当のことを話して事件を解決させたいんだ。そのためには、貴博にこのことを伝えた上で、警察でも正直に話そうと思う』

「あれっ」

動画の途中だが、思わずつぶやいてしまう。この言葉、俺が穂乃果に、密室トリックを教えてもらおうとして掛けたものにそっくりだったからだ。

どうやら彼女は同じことを言ったようだ。あの言葉が胸に響いたのだろうか。説得に協力できたようで嬉しかった。

鱗太郎は動画の中で、しばらく覚悟を決めるように黙り込んだが、やがてぽつりぽつりと語り出した。

あの日、地下書庫で何があったかを。


マジックミラー越しに見える取調室では、今まさに取り調べが行われていた。取調官の声と、容疑者の声、パソコンで記録を取る刑事のキータッチ音。それらだけが静かな部屋に響いている。

「仁村鱗太郎さん。あなたは地下書庫に入ったことがありますか」

取調官が問うと、緊張した表情の鱗太郎が口を開いた。

「はい。入ったことがあります」

正直に証言することができていた。嘘つきだった前回とは打って変わって、スムーズな聴取になっている。ひとまずほっとした。

「そこでは、どんなことがありましたか」

「怪しい人物を見ました。目の前で火が上がったりもしました」

「ですが、地下書庫に入るにはカードキーが必要です。あなたはどうやって入ったんですか」

「それは、その」

もじもじと体を捻り、鱗太郎はためらう。「約束」のせいだ。

しかし、思い切ったように息を吸い、彼はこう答えた。

「羽場さんという方に招き入れられました」

昨日、動画で説明を聞いた通りだ。やはり、地下書庫に入る方法はそれしかない。

羽場が最初に入った方法は未だ不明だが、そこを置いておけば、次に入る鱗太郎は招き入れられた可能性が高かった。

捜査本部もこのことは考慮していて、鱗太郎の証言が嘘だけではないことは、すでに捜査会議でも話し合われていた。

「あなたが地下書庫に入ったというのは、本当のことですね。そして、そこで怪しい人物を見たというのも、火の手が上がるのを見たというのも、本当のことだったんですね」

嘘の中に、真実が混じっていた。鱗太郎をただの嘘つきと断じなかった捜査本部の方針が真相を見破った。

「何があったのか、正直に話してください。我々はあなたを信じています」

取調官の視線を受けて、鱗太郎は覚悟を決めたようだ。唾を飲み込んでから、徐々に語り始めた。

『僕は以前に、図書館に小説執筆のための取材を申し込んで、断られたことがあったんだ』

誰もいない真っ暗な郷土資料館の前で、俺は鱗太郎の動画を見続けていた。

『断られた時は恥ずかしかったな。そのせいで、職員さんと顔を合わせるのが気まずくなってしまって。貸し出しは自動貸し出し機を利用するようになったんだ。でも、地下書庫の本は職員さんを通さないと貸し出しできない仕組みだった。だけど僕は、何とかそこを通さずに借りられないものかと考えていたんだ。それで、時々地下書庫のドアの前まで行って、何度もこじ開けようとしたりもした。でも当然開かなくてあきらめかけていた時、ドアが開いて、中から人が現れたんだ。それが羽場さんだった』

これが、鱗太郎と羽場の出会い。何とも奇妙なものだ。

『さすがに驚いたよ。だけど事情を聞いて、話し相手が欲しいという羽場さんの事情を知って、同情してしまったんだ。仕事も妻子も失ったその姿に、父親に捨てられた僕自身のことが重なってしまって。尤も、羽場さんも去って行った息子の姿を僕に重ねていたみたいだけど』

互いの境遇が、二人を引き寄せ合ったということらしい。

『羽場さんは、人と話さない寂しさの解消のため、僕と話をしたがったんだ。ドアをこじ開けてでも入ろうとした僕に興味を持ったみたい。僕の方は地下書庫の本を読みたかったから、ちょうど良い関係だった。お互い後ろめたいので、相手のことをばらすこともなさそうだったし。こうして僕たちは、利益が嚙み合った、いわば共存関係になったんだ』

こうしてその後、鱗太郎は出入りを繰り返したということだ。日記にあった「友人」というのは、鱗太郎のことだったのかもしれない。

そして、その推測を裏付けるようなエピソードが出てきた。

『最初はぎこちない関係だったんだけど、話をするうちにだんだん親しくなっていって。僕が嘘つきだということを相談するようにもなったんだ。そして、そのことで羽場さんがくれた言葉が、僕を救ってくれたんだ』

どんな言葉だろう。俺は聞き逃さないよう、より注意を向けた。

『「嘘をつくには想像力が必要。仁村君には想像力がある」っていうもの。それを聞いて、羽場さんのことが急激に身近に感じられてきたんだ』

欠点だと自分で思っていた箇所を、長所だと褒めてもらえる。確かに嬉しいだろう。

これで鱗太郎と羽場の関係は深まったようだ。

鱗太郎は少し間を空け、カメラの方をじっと見る。ここからは平和ではない、事件の話題になるからだろうか。

『いよいよ火災当日。その日、僕は地下書庫にいた。羽場さんに招き入れられて、二人で少し話した後、別々の場所で本を読んでいたんだ。でも、夕方になって眠くなって、本を持ったまま書棚の間で少しうとうとした。どのくらい眠ったかな。気が付くとうめき声が聞こえたんだ』

事件の発生だ。この時、羽場は犯人に襲われたのだろう。書棚にあった辞書で殴られたという、少し変わった襲われ方だった。

『目を覚まして声のする方へ行くと、羽場さんが頭から血を流して倒れていた。あの人は、殴られたとだけ言って気を失ってしまった。どうしようと慌てたんだけど、ひとまず救急車を呼ぼうと地下書庫から外に出たんだ。でも、そこで上の階から下りてくる不審な足音が聞こえた。羽場さんを殴った犯人かと思って、地下書庫のドアが少しだけ見える階段下のスペースに身を隠した。バサバサという紙束を運ぶような音と足音に続いて、ピッというロックが外れる音がした。人が来たなら羽場さんが助かるかも。希望を持ったけど、しばらくすると何か紙を広げるようなバサバサという音と、続いて重いものを引きずるような音がしたんだ』

恐らく、着火剤代わりの新聞紙を広げる音と、スチール棚を引きずる音だろう。この時、足音の主＝犯人は何らかの密室トリックを講じたはずだ。

そして、足音の主＝犯人がロックを解錠しているのも重要な点だ。地下書庫のロックはカードキーでしか解錠できない。この時点でカードキーを所持している人物だけが、犯人たり得たということの証明になる。

『それから、ドアがまた開く音がして再び閉じられ、足音は足早に去って行った。しばらく待ったけど、もういいかなと思って顔を出すと、ドアの隙間から真っ黒な煙が出ていたんだ。やがて男性がやって来て、火災を発見し、カードキーで解錠しようとしたけど開かなくて、大慌てで上の階に戻って行った』

この男性は館長の尾倉だろう。一旦ドアを開けたものの、スチール棚が突っかかっていて開かなかったのをカードキーの故障と勘違いしたのだ。

『男性が上の階に上がった隙に、地下書庫に向かった。この時には、救急車を呼ぶことも忘れて、羽場さんを火災から助けようと思ったんだ。でも、カードキーがないのでどうしても開かない。透明なところがないのでドア越しに中は見えなかったんだけど、隙間から立ち上る煙に怖気《おじけ》づいてしまった。結局、僕は階段を駆け上がって地下から脱出した。羽場さんを助けたい思いはあったけど、自分には無理だと思ってしまったんだ。その後は野次馬に混ざってしばらく火事を見ていたけど、段々怖くなってきて家に逃げ帰った。一一九番への通報は、動揺して忘れていて、結局できなかった』

鱗太郎は肩を落とす。羽場を救えなかったことを心底後悔しているのが分かった。

『火災の時の話はここまで。これで犯人が捕まえられるかな』

縋るように問い掛ける。俺は心の中で、

――必ず捕まえる。安心してくれ。

と返答した。

『僕は生まれ持っての嘘つきだから、つい嘘をついてしまう。前の取り調べでも、羽場さんと「我々の関係は絶対に内緒だ」って約束していたのを守り通そうとして、嘘を重ねた。でも、穂乃果の言葉で目が覚めた。羽場さんはもちろんだけど、それだけじゃない、多くの人たち、本たちが被害に遭ったんだ。それらの無念を晴らすために、犯人を捕まえてほしい。この気持ちは本物なんだ。嘘じゃない。それだけは信じてほしい』

真摯な口調で訴えかける。そして、鱗太郎は頭を下げた。様々な新情報と共に、懐かしい記憶も蘇り、俺は胸を一杯にしていた。

鱗太郎の話は終わった。

重要な証言だった。事件の様相を大きく変えてしまいそうなぐらい。動画の中では鱗太郎がフェードアウトし、穂乃果が再び出てきた。

『足音と一緒に聞こえた、紙束を運ぶようなバサバサという音。それは恐らく新聞紙を運ぶ音だろうね。着火剤代わりに使ったんでしょ』

穂乃果が考え込みながら言った。ここからは事件を考察していくらしい。新聞紙を着火剤代わりにしたというのは報道されていない内容だが、論理によって導き出した。さすがの推理力だった。

『犯人は羽場さんを殴打後、一度地下書庫を出てどこかに行き、また戻ってきている。何かを取りに行ったんだね。その何かとは、火をつけるための着火剤としての新聞紙に他ならない。図書館には大量の新聞紙が保管されている。それを使ったんだと思う』

この考えは間違いないだろう。俺も同意見だ。

『でも、犯人はどうして事前に新聞紙を用意しておかなかったのかな。殴打された羽場さんを残して上階に上がるのは危険だよね。最悪誰かに羽場さんを発見され、そのタイミングで戻ってきたのでは言いわけが立たなくなる。犯人は、そのぐらいのことは理解していたはずなんだけど』

穂乃果の疑問は尤もだった。

『重いものを引きずる音は、スチール棚を移動させる音だよね』

さらに推理が続く。これも正しい考えだろう。

『だけど、スチール棚を移動させるだけでは密室は成立しない。以前否定された通り、本を支えにしたのでもない。だとしたら、密室はどうやって成立したのかな」

この点については、なかなか解決しない。

だが、ここで穂乃果が、そう言えばとつぶやいて再びスマホを取り出した。

『鱗太郎、事件の時に動画を撮っていたんだって。階段下に隠れた後、緊急事態だと思って撮影していたらしいよ。このSDカードのもう一つのフォルダに、その動画は入っているから、見てね』

そんなものがあったのか。俺は今の動画を停止し、もう一方を再生する。

映像は真っ暗で、僅かに地下書庫のドアが映っているだけだ。階段下にいるということ以外ほとんど分からないが、音ははっきり入っていた。バサバサという新聞紙の音や、棚を引きずる音など、先ほどの説明通りだった。

その後動画は、誰かがドアを開けて出てくる場面も映していた。だが、鱗太郎が存在を気付かれないよう身を屈めたせいで、映像は床しか映していなかった。その後、ドアの隙間から煙が出始める場面まで映し、動画は終わった。となると、鱗太郎の証言は嘘ではない。全ては真実なのだ。

そしてこの動画がある限り、鱗太郎は犯人ではない。煙が出る前から、地下書庫の外である階段下にいた彼には放火はできないからだ。仮に鱗太郎が放火後、煙が外に出る前に階段下に出て動画を撮っていたとしても、その間に地下書庫内でスチール棚を引きずっていた人物は何者かという話になってくる。その場合、犯人は明らかにスチール棚を引きずっていた人物だ。

だが、この映像を見ていて気になることがあった。些細なことかもしれないが、俺はどうしてもそれについて考えたくなっていた。

――棚を引きずる音が、何秒か続いた後、一度止まっている。

どうしても気になった。この事実が何を示すかは、まだ分かっていないが。

十秒ほど後にはまた引きずる音が再開するが、この間が何なのかは謎だ。スチール棚を引っ張っていて、一度止めたということだろうか。一体、何のために。引っ張るのに疲れでもしたのか。

しばらく悩んだが、ふとある可能性に思い至った。だとしたら、これは当たりだ。

密室トリックは解明されるかもしれない。希望が見えてきた。

『そう言えば、だけど』

画面の中の穂乃果が、思い出したように言った。

『羽場さんがどうやって、カードキーが必要な地下書庫に出入りしていたか分かったよ』

重大な事実だが、何でもない風に言う。俺は面食らった。

『羽場さんはカードキーを拾ったんだよ』

それは新情報だ。さらに聞くと、鱗太郎からその話を聞いたらしい。

『事件の三ヶ月前、ねぐらを探していた時に、羽場さんは地下書庫前でカードキーの落とし物を拾ったんだ。真っ白なデザインだったから、誰のものかは分からなかったみたいだけど。それを使って、出入りをしていたんだって』

事件の三ヶ月前に拾った。これは妙な話だった。事件後に確認したところ、職員六人全員がカードキーを持っていた。落としたなどという可能性は生まれないはずだ。予備にしても、火災発生後まで誰も使えなかったはずだ。起こり得ない話だった。

――それって本当なのか。

思わず鱗太郎の嘘を疑いそうになったが、それより先に穂乃果が言った。

『実物を見せてもらったみたいだし、鍵を開けるところも見たらしいよ。間違いないと思う』

カードキーがあったのなら、ドアにストッパーを噛ませる必要もない。毎回、記録として残っても不自然でない時間帯には解錠していたはずで、鍵を開けるところを見たのなら疑いようがなかった。

しかし、六人は誰もカードキーを紛失していない。これもまた疑いようのない事実なのだ。

『それに私、羽場さんがカードキーを入手したからくりが分かった』

穂乃果が急にそう言ったので、えっと驚きの声が出た。

「どうやったんだ」

思わず声に出してしまう。彼女は動画の中でそのからくりを伝える。

『事件の三ヶ月前、六人の中の誰かはカードキーを落として紛失した。それを言い出せず、その人物はそのまま三ヶ月を過ごした。そして火災発生時、館長が怒って投げ捨てた予備のものをくすねたんだよ。それを自分のものだと言い張れば、紛失したことは隠すことができる。予備のものは火災で燃えてしまったんじゃなく、誰かによって盗まれていたってこと』

それなら今の状況でも、羽場にカードキーが渡り、六人の中の誰も紛失していないことになる。納得のいく答えだった。これで羽場が地下書庫に住んでいたからくりが分かった。紛失した人物はまだ分からないが。

『ということは、地下書庫に出入りできたのは六人だけってことになる。まず一人目はカードキーを拾った羽場さん。後は、私、館長、副館長、岡林さん、神野さん、加賀美さんの六人からカードキーを落とした一人を除いた五人ってことになるね』

羽場は被害者だから、カードキーを落としたのが誰か分かれば、実質容疑者は五人。少し絞ることができるわけだが、その除外される一人が誰なのかを詰めていく必要がある。

『ちなみに、第三者が犯行時にだけ、その六人の中の誰かからカードキーを借りていたっていう可能性もないよ。羽場さんはずっと地下書庫の中にいるんだから、カードキーを貸さなくても、ノックなんかの合図で内側からドアを開けることができる。命綱のカードキーを、誰かに貸すメリットがないんだよ。

私たち六人についても、事件発生時は閉館間際とはいえ勤務時間中だった。利用者に頼まれて地下書庫の本を取りに行く可能性もあったんだから、カードキーを持っていないとなるとまずいよね。持っていないことがばれて、事件と結び付けられたら一気に疑われてしまう。そんなリスクは誰も冒さない。第三者が理由を明かさずカードキーを貸してくれと言ったとしても、何か後ろ暗いものを想像するはずだから、やっぱりばれる恐れのある勤務時間中には貸さないよね。これはカウンターに立たない館長、副館長も同じだと思う。万が一、地下書庫に入る必要ができた時に、言いわけが立たなくなるからね』

理路整然と述べてみせて、これまで捜査一課がグレーと判断していた問題を一気に解決してしまった。

――さすがは穂乃果。

やっぱり、彼女は俺たちの名探偵だ。どんな不可解な謎も解いてしまう。

『ところで、もう一つ気になることがあるんだけど』

穂乃果はさらに話を切り出す。画面外の鱗太郎の方を見て、彼女は問い掛けた。

『殴られた羽場さんを見て救急車を呼ぼうとした時、どうして鱗太郎は地下書庫から出たのかな。その場で羽場さんの様子を見ながら電話した方が良かったんじゃないかと思うんだけど』

救急への通報は、被害者の容態を見ながら電話した方が正確な情報が伝えられる。それなのに、どうして鱗太郎は羽場の元から離れたのか。

鱗太郎はそれに対し、画面の外から短く簡潔に答えた。

『地下書庫は電波が届かないからだよ』

初耳だった。

『電話が全くできないんだ。電話が通じないのなら、外に出て掛けるしかないと思ったからそうしたんだ』

そういうことなら納得だ。しかし、何か違和感が拭えなかった。今の答えと、誰かの行動が矛盾するような。

思い出していくうち、じわじわと事件の全体像が見えてきた。埋めるべきピースが埋められていく感覚とでも呼べばいいだろうか。

これで、条件は揃った。情報を整理整頓するうち、幾重ものベールを剥いでいくように、犯人の姿がうっすらと見えてきた。あともう少し考えれば。脳をフル回転させる。

『それじゃあ、後は貴博の仕事だね』

穂乃果はカメラの方に手を伸ばし、動画を停止しようとする。待ってくれと言いたかったが、ここからは俺一人の仕事だ。誰にも任せられない。

動画は終了した。残された俺は、一人で与えられた情報の精査を行った。

取り調べが、無事に終わった。

マジックミラー越しに、鱗太郎が取調室を出て行くのが見えた。動画で俺たちに伝えた通りのことを、この場でも話すことができていた。嘘もつかなかったので、満点に近い出来だっただろう。

「色々と新情報が出たな。整理して考えておかないと」

先輩刑事たちがそう言い合っている。しかし、事前に話を聞いていた俺は、すでに考えがまとまっていくのを感じていた。穂乃果の推理は必要なく、犯人の正体が分かった気がした。

俺の意識は動画を見ていた時に飛んでいた。捜査情報に触れられない穂乃果はまだ真相に達していないはずだ。立場上、俺の方が先に真相にたどり着いた。

全て明らかになった。だが、決定的な物証がないのが惜しい。論理では犯人を割り出せるが、物証がないのだ。

どうすべきかと思案するが、一つの案を思い付いた。現状として、鱗太郎の証言をはじめ、捜査情報をニュースなどで報じてもらうしかないほど捜査は停滞している。

もちろん鱗太郎は匿名扱いだが、近いうちに証言が報じられるだろう。慎重に用いるべき捜査情報をオープンにするしかない捜査本部は追い詰められていると言って良かった。そんな中、採るべき手段はこれしかない。そう信じ、俺はある決意を胸に秘めていた。

【読者への挑戦状】


これまでの出来事を脳内に総動員し、俺は思考をまとめていた。

必要な証言・証拠は全て出揃った。後は推理力を働かせれば、誰にでも犯人を特定することができる。

・果たして、七川市立図書館に放火をし、羽場を殺害した犯人は誰なのか。
・また、地下書庫の密室を作り上げたトリックは何なのか。

犯人は、穂乃果の推理通り、カードキーの所持を許されていた六人——尾倉、秦、岡林、穂乃果、神野、加賀美の中にいる。

それ以外の第三者が犯人ということはあり得ない。

共犯という可能性もなく、単独犯の犯行だ。

もちろん、羽場の自殺という可能性もない。


知恵を絞って考え出した答えが、今、この頭の中にはある。

それでは、事件を解決するとしよう。

# 第六章　あなたが殺した

あなたが殺した

「皆さん、お集まりいただきありがとうございます」

俺は力強く礼を述べた。蔵書修復作業が続く市役所の別の部屋。日が暮れかかった時間帯に、六人の図書館職員が集められていた。館長の尾倉、副館長の秦、正規職員の岡林と穂乃果、非正規職員の神野と加賀美だ。皆戸惑い、何なんだろう、早く仕事に戻してくれ、と囁き合っている。

「修復作業が忙しいとのことなので、警察署に来て聴取をする時間は取れないと判断しました。ですので、今回は市役所の一室を借りています」

広めの空き会議室があったので、その部屋を使っている。ホワイトボードと長いコの字型の机がある部屋には、椅子に座っている六人の他に、俺を含め数名の警察官がいた。捜査一課長の指示で連れて来た面々だ。捜査一課長の前で推理を披露すると、瀬沼、お前が犯人指名の場を仕切れとお達しが下った。だから、今から自らの推理を語っていく。

六人は心配そうに俺のことを見つめていた。その中には穂乃果もいる。彼女も一般人なので、どんな推理なのかは教えていない。不安げな眼差《まなざ》しは本物だろう。

それに、小学生の頃に世話になった神野もいる。困惑したような彼女の顔が、今は心に痛かった。二人とも、早く気を楽にしてあげたかった。

「それでは、事件のことを順番に振り返ってみましょう。その過程で、犯人が誰なのかが分かってきます」

そう言い出したものの、もちろん犯人は一人に絞られている。今さら六人を集める必然性は実はないのだ。だが、物証がないため、犯人を自白に追い込み、その後で犯人に関わる物証を探すしか方法がなかった。取調室で一対一になるよりも、同僚や警察官がいる中で徐々に犯行が暴かれていく方が、黙秘がしにくい上にプレッシャーもあって、自白に導きやすいと踏んだ。だから捜査一課長に掛け合って、こうして六人を集めて推理をする方法を採ったのだ。

「事件は地下書庫で起こりました。火災が発生した図書館の、カードキーを使ってしか出入りできない部屋です。鎮火後にそこで、羽場博之というホームレスが撲殺された状態で、しかも火に焼かれて見つかりました」

ニュースで流れた情報だけをかいつまんで語っていく。犯人が部外秘の情報をぽろっと漏らせば即解決だが、当の本人はそうさせまいと黙っている。

「ここでポイントとなるのがカードキーです。地下書庫に出入り可能なカードキーを所持していたのは、ここにいる六人だけです。予備のものが一枚ありましたが、あれは火災発生後に初めて封が解かれたのでノーカウントです。つまり、現場に出入りして殺人を行えたのは、六人の中の誰かということです。事件発生は勤務時間中だったため、第三者にカードキーを貸したということもあり得ません。勤務中に地下書庫への出入りが必要になった場合、カードキーを持っていないことがばれれば、後々疑われてしまうからです」

穂乃果の推理を交えて、容疑者を絞っていく。プレッシャーを与える狙いだが、ここで副館長の秦が手を挙げた。スプリンクラーの件で処罰されたものの、彼は未だに副館長の職に留まっている。

「あの、でも我々には犯行は不可能ですよ」

早速の反論だ。耳を傾けて聞く姿勢を取る。

「だってそうでしょう。現場は密室だったんですよね。倒れたスチール棚が、入り口のドアと、一番近い書棚の間に挟まって出入りできない状態になっていたんでしょう」

ニュースで報じられた通りのことを言う。確かに、倒れたスチール棚は、内開きのドアを突っかからせて、出入り不可能にしていた。

「密室を破る方法が分からない限り、我々に疑いを掛けるのは不合理じゃないですか」

そう言われると、その通りかもしれない。まずは密室の謎を解明することで、初めて犯人に余裕を失わせられる。

「分かりました。では、まずは密室トリックを解き明かしましょう」

トリックが判明しているとは思わなかったのか、皆驚きの表情を浮かべている。

「このトリックは、スチール棚を斜めにすることが重要です」

俺はペンを取り、ホワイトボードに図を描き始めた。

「スチール棚を斜めにして、入り口ドアに立て掛けます。そして、そっと隙間を開けて外に出る。ドアを閉めると、時間差でスチール棚が倒れ、密室が完成するというトリックです」

最初に考えたトリックだ。だが、これは不完全なものだ。当然、異論が出る。

「倒れるか倒れないかは、運次第でしょう。それだとトリックとは言いづらい」

館長の尾倉だった。腕を組んで渋い顔をしている。

「何か燃えやすいもので支えでもすれば可能かもしれないが、その場合、支えたものが燃えた後に燃えカスが検出されるでしょう。そういったものは見つかったんですか」

さすがは元敏腕経営者、頭の回転が速い。これで、穂乃果が考え出した大量の本で支えるというトリックは潰されてしまった。

穂乃果が、どうするんだという目で俺を見ている。だが、安心してくれと視線で伝える。あるもので支えることで、燃えカスの痕跡をごまかすことができるのだ。

「では、こうすればどうでしょう」

俺は新しい図を描いた。もう一つの書棚がドアの前で斜めになっていて、それを支えるように、スチール棚がまた斜めになって寄りかかっている図だ。スチール棚の底の部分が一番近い書棚に当たっているので、それ以上は倒れない。そのため、もう一つの書棚とスチール棚はバランスを取って斜めの状態で止まっている。

そして、もう一つの書棚には「木製」と書いてある。これは、地下書庫の入り口の脇に二つ置かれていた木製書棚の片方だ。

「これなら、火災が発生すれば木製書棚は燃えて崩れ、支えを失ったスチール棚が倒れてドアを塞ぎます。木製書棚はもともと入り口の近くにあったので、燃えた痕跡はそこにあって当たり前。不自然に思われないという寸法です」

木製書棚は臨時に購入されたもので、固定されていなかった。スチール棚同様に移動が可能で、トリックに使うことができる。

「なるほど。これなら密室が出来上がるわ」

神野が納得顔で言った。他の面々も反論を思い付かないようだ。

このトリックを思い付いたのは、鱗太郎の証言のお陰だった。彼が聞いた音——棚を引きずる音の間に十秒ほど空白の時間があったことが、閃きを生んだ。十秒の間、

【 地下書庫入り口付近 立面図 】

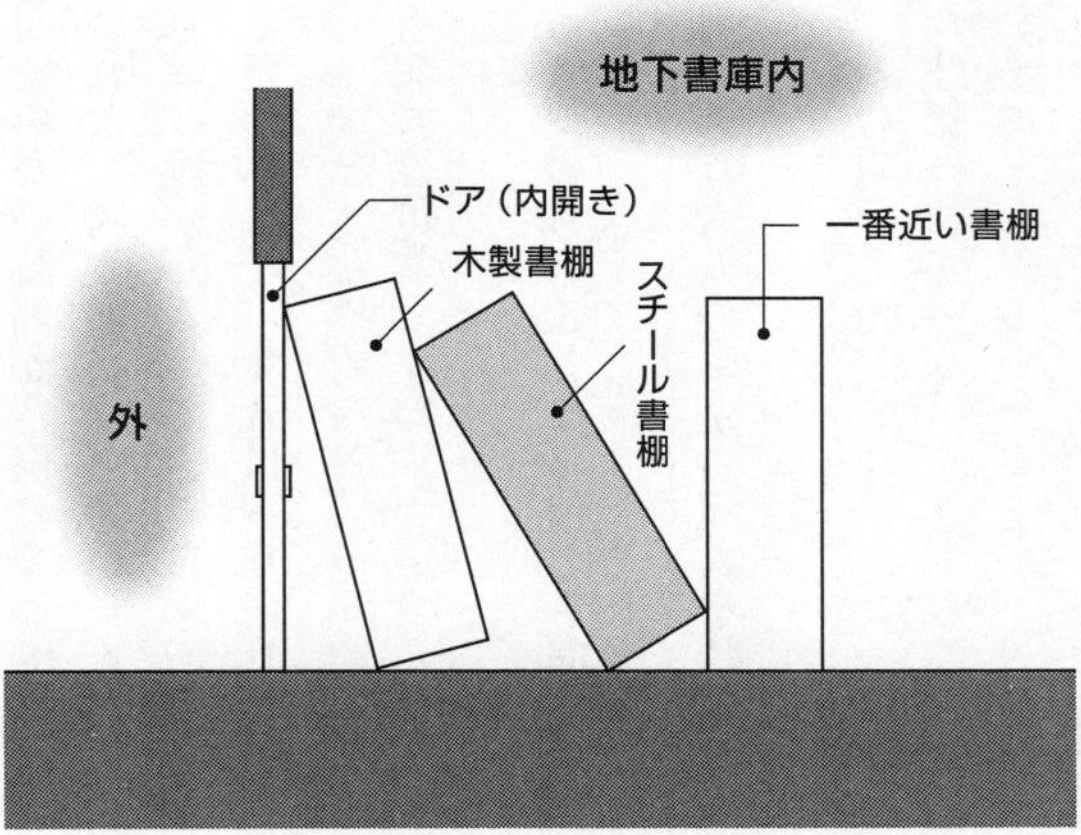

犯人は木製書棚をドアの前に運び終え、離れた場所に置いてあるスチール棚を取りに行っていたのだ。その何も運んでいない時間が空白になっていた。

事前に両方の棚を動かしていれば、鱗太郎に音を聞かれることもなかっただろう。だが、棚を事前に移動していれば、誰かが入ってきたら場所が変わったことを不審がられるかもしれない。そう考えたからこそ、犯人はギリギリまで棚を目立たない場所に置いていたのだろう。

「そういうことなら、誰にでも犯行は可能ですね。いいでしょう、話を先に進めてください」

尾倉が頷きながら促してくる。彼の言うことなら何でも聞く秦は、もう言葉を挟んでこなかった。

「それでは、カードキーを使用できた六人の中から犯人を特定していきます。使うのは消去法です」

不安そうな面々を見回して、俺は宣言した。

「犯人ではない理由が見つかれば除外していく。そうすることで、最後に残った一人を犯人だと断定するやり方です」

反論は出てこない。それでは、一人ずつ除外していくとしよう。

「では一人目。まず除外できるのは島津さんです」

皆の前なので、穂乃果を名字で呼ぶ。

「彼女を除外できる理由は、火災時に、職員で唯一エプロンを着用していたからです」

えっ、という声がそこかしこから漏れた。一同の顔に不満の色が浮かぶ。

「そんなことで、犯人から除外できるんですか」

岡林が恐々《こわごわ》と訊いてくる。だが、穂乃果はこちらを見て少し口元を緩めていた。よく分かっているじゃない、と言いたげだ。

「はい。島津さんは他の職員がジャケットを着ている中、一人だけエプロン姿で通していました。これがどんな差を生むかというと、エプロンの大きなポケットに、色々なものを入れることができるという点です」

彼女のエプロンのポケットには、様々なものが入っていた。それを思い出せば、彼女を容疑者から除外できる。

「色々なものといっても、はさみやカッターナイフを入れていたぐらいですよ」

穂乃果がわざとらしく言う。そのはさみやカッターナイフが重要なのだ。

「いいですか、被害者の羽場さんは、辞書で殴られて死んだんです。普通、そんな不確実な凶器を使う犯人はいません。ただし、とっさに手に取った場合を除いては。ということは、犯人はとっさに辞書を手に取らざるを得なかったんです。突発的に殺意を抱いたものの、手近なところに凶器になるものがなかったから」

皆が気付いたように目を見張った。

「そうなんです。島津さんなら、ポケットに手を入れればはさみだろうがカッターナイフだろうが、辞書よりは充分確実な凶器があったんです。はさみは大型のものだと仰っていましたから、殺傷能力は高いでしょう。カッターナイフだとさらに高いかもしれません。そんなものがあるのに、辞書を凶器に選ぶ。考えられません。彼女は犯人ではないんです」

他の職員は、修復作業中の今こそエプロン姿だが、火災時は皆ジャケットを着ていた。ジャケットはポケットが小さいと言われていたので、大きなはさみやカッターナイフは持ち歩けないだろう。

穂乃果は犯人ではない。そんな雰囲気が出来上がりつつあった。だが、

「そう思わせるつもりで、わざと辞書を凶器に使ったのかもしれないじゃないですか」

食いついてきたのは副館長の秦だった。なるほどそう来たか。

「それはあり得ないでしょう」

「どうしてですか。否定はできないでしょう」

得意げに指摘されるが、俺はかぶりを振った。

「いえ、否定はできます」

秦が目を剝いた。そんな彼に向かって、考えを述べる。

「仮に、はさみを凶器に使ったとしましょう。そもそも、はさみを使ったところで、島津さんはそこまで疑われません。確かに彼女ははさみを常時携帯していましたが、他の者でも犯行時にはさみを持ち出すことはできます。図書館の備品のはさみを持って行けばいいだけですから。わざわざ不確実な凶器である辞書を使わなくてもいいんです。はさみを使ったとしても、彼女はそこまで疑われることはないんですから」

秦は口を開けっぱなしだ。俺はなおも続ける。

「それに、凶器が辞書でなくとも、もっと確実な凶器は他にも山ほどあります。花瓶や消火器などが、図書館には置いてありますよね。それらを使っても、『はさみを使わなかった』という理屈で容疑者から外れることはできます。それなのにそれらを使わなかったということは、可能性は一つしかありません。犯人は凶器を準備する余裕がなかった――つまりは突発的な犯行だったのです。突発的犯行でとっさに辞書を手に取ったのは、犯人ははさみなどの凶器を持っていなかったからです。島津さんはやはり犯人ではありません」

悔しそうに秦は下を向いた。これらの推理から、穂乃果が疑われることはなくなるだろう。

「それでは、二人目に移りましょう」

穂乃果を除く五人を見回してから、次に除外される人物の名前を口にした。

「次に除外されるのは加賀美さんです」

気の弱そうな吐息が漏れた。加賀美が安堵したように息を吐いている。

「どんな理由ですか。こういう大人しそうなタイプほど、大胆な犯行に走るものですがね」

秦が嫌味っぽく言った。尾倉と秦にいつもいじめられている加賀美は、気まずそうに身を縮こまらせていた。

「加賀美さんを除外したのは、スプリンクラーの故障が直ったと思い込んでいたからです。尾倉さんと秦さんの話をたまたま聞いて、直ったと思っていたようですよ」

秦の方に顔を向ける。故障が直ったと嘘の報告をしたという汚点を思い出したのか、秦の頬が紅潮した。

「それがどうして、除外する理由になるんですか」

平然とした風を装う秦だったが、顔の赤さは消えなかった。

「考えてもみてください。犯人の目的は地下書庫に火をつけることですよね。それなのに、火をつけてすぐに作動する消火設備があるなら、火をつけたところで意味がないんじゃないでしょうか。どうせ即座に鎮火されるんですから。だとすると、スプリンクラーが作動すると思い込んでいた加賀美さんは、火をつけるはずがないんですよ」

「それは、確かに」

秦は言葉に詰まり、唇を噛みしめた。だが、すぐに思い出したように口を開く。

「あ、でも、スプリンクラーが直ったと思っていたのが演技だったら？　故障していると実は気付いていたのなら、放火をしてもおかしくないでしょう」

「それはあり得ません。秦さんが故障が直ったと証言した事実があり、それと加賀美さんの証言が一致している以上、真実と見るべきでしょう。加賀美さんには、秦さんの証言を疑う理由はありません。他人の証言が絡んでいることで、加賀美さんは故障は直ったと思っていた――つまりは犯人でないと分かるんです」

また言い負かされて、秦は不満そうに腕を組んだ。

「それでは、次は三人目です」

残るは四人。俺は除外される人物の名前を挙げた。

「除外されるのは尾倉さんです」

館長の尾倉は、少しほっとしたように口角を上げた。

「尾倉さんは、加賀美さんと同様、スプリンクラーが直ったと思い込んでいました。この一点だけでも、犯人でないと言い切ることができます。ただ、理由はもう一点あります」

意外そうな一同の視線を受けながら、さらなる理由を説明する。

「尾倉さんは図書館内唯一の喫煙者で、オイルライターを愛用していました。それなのに、事件当日は一切吸いに行かず、館長室にこもっていたという証言があります」

穂乃果と岡林が、尾倉の問題点を次々指摘していた時に出た話題だ。

「普段はたくさん吸うそうなので、不審な行動ですよね。この行動の理由は、実は単純なものです。オイルライターのオイルが切れていて、火がつかなかったからです。ライターに火がつかないなら、煙草は吸えません。誰かに火を借りようにも、職員は誰も煙草を吸わずライターを持っていないし、利用者から借りるのも体面が悪いですね。ライターを買いに行くにも、さすがに勤務中なので差し障りがありました。だから、煙草を吸うのを我慢せざるを得なかったんです」

火災現場で、尾倉は一度ライターを取り出し煙草の封も開けた。だが吸わなかったのは、火災現場だから気を遣ったのではなく、単純にライターの火がつかないことを思い出しただけだったのだ。その直後に「何て酷い一日だ」とつぶやいたのは、火災のせいだけでなく、煙草が吸えなかったことも含んでいたのだろう。

尾倉は見抜かれて驚いたようだったが、すぐに質問を投げかけてくる。

「その通りですよ。でも、それがどうして除外の根拠になるんですか」

「簡単なことです。尾倉さんはオイルライターを持っているのに、わざわざ他の火をつけられる道具は持って来ませんよね。ということは事件当日、オイルの切れたライターしか持っていなかった尾倉さんには、放火のしようがなかったんです。尾倉さんは当日出勤するまでライターのオイル切れに気付いていなかったようです――気付いていればオイルを補充したはずです――から、彼が犯人ならそのライターで放火をしようと思ったに違いありません。そうなると、オイル切れにより、放火の道具がなくなってしまうんです。図書館内に火をつける道具はなかったとのことなので、これでは放火ができませんね。代わりのライターを買いに行こうにも、ずっと館長室にこもっていたのでは買いに行けないというのは先ほど言った通りです。ということは、尾倉さんは犯人ではないんです」

きっと犯人はライターか何か、火をつける道具を持って来ていたはずだ。しかし、尾倉は普段からライターを持っていたがゆえに除外されるに至った。

「そういうことなら納得です。私は二重の意味で犯人ではないということですね」

満足そうに微笑んだ。そして彼は秦の方を見る。

「秦さん、今回も何か追及したいことはないんですか」

これまでの二人に突っかかっていたことを揶揄《やゆ》しているのだ。秦は慌てたように手を振った。

「滅相もない。館長は絶対に犯人ではありませんよ」

白々しいやり取りだった。上下関係をまざまざと見せつけられる気分だ。

「あの、少しいいですか」

ここで思い切って手を挙げたのは加賀美だった。怯えの浮かぶ目で、尾倉のことを睨み付けている。普段の立場を逆転させるような眼差しだった。

「館長が犯人でない根拠ですが、ライターのオイル切れが演技だったとしたらどうですか。実はオイルなんて切れていなくて、実際はそれで放火したのだとしたら」

煙草を吸わなかったのも、館長室にこもっていたのも全部演技ということか。勇気を出しての推理だった。

だが、残念ながらそれは否定されなければならない。

「それはあり得ません。ライターのオイル切れが演技だとしたら、尾倉さんはオイルが切れていたという嘘を警察に言っていないとおかしいんです。そもそも、吸いたい煙草を我慢してまで作り上げた状況です。黙っていないで、警察に告げて無実をアピールするのが普通でしょう。ですが、我々はそんな話は一切聞いていません。ということはやはり、オイル切れは偶然の出来事で、尾倉さんはそれが犯人候補から除外される要素になるとは思っていなかったんです。そうなると、彼は犯人ではないんです」

加賀美が肩を落とした。尾倉は得意げに顎を上げ、後で見ていろよとばかりに彼を直視した。

加賀美には気の毒だが、今は推理を進めるのが肝心だ。俺はなおも言葉を続けた。

「次は四人目です」

これで後は三人だけだ。残るは秦、岡林、神野。

「次に除外できるのは岡林さんです」

岡林がふうっと大きく息を吐いた。ここまで残るのもプレッシャーだっただろう。

「私はどうして除外されたんですか」

本人から問われ、俺は説明を始めた。

「地下書庫に羽場さんが住んでいることを知っていたからです」

岡林の顔が引きつった。尾倉や秦の方を見て、気まずそうだ。それもそうだろう。

赤の他人が図書館内に住むことを黙認していたのだから。

「羽場さんは、日記を残していました。そこには『友人』という表現が何度も出てきます。この『友人』の一部分は、岡林さんのことではないかと思うんです」

頬をひくつかせながらも、岡林は首を振った。

「それは、羽場さんに招き入れられたっていう男性のことじゃないですか。ニュースでやっていましたよ」

鱗太郎のことだ。ニュースでは名前こそ出なかったが、取り調べでの証言の詳細まで報じられている。

「もちろん、大半の記述はその男性のことでしょう」

「友人」の大半は鱗太郎に違いないだろう。だが、岡林を指している部分もある。その根拠もきちんと存在するのだ。

「日記で気になったのは、『友人』が『私の冗談に大声で笑ってくれた』という表現です。羽場さんの言った冗談に笑ったわけですが、大声でというのが妙です。地下書庫で大声で笑えば、誰かに存在を気付かれる恐れがあります。たまたま通りかかった職員にでも聞かれればおしまいですね。こっそり入ったはずのその男性が、大声で笑うとは思えません」

岡林は黙り込んだ。これで、この部分に関しては、鱗太郎のことを指していないことが証明された。

「では、この部分の『友人』は誰なのか。ここで思い出したのが、神野さんが目撃した光景です。二ヶ月前、彼女は地下書庫で電話をする岡林さんを見たと言いました。ですが、これはおかしいんです」

「どこがおかしいんですか」

岡林が恐る恐る指摘する。覆されるのが怖いのだろう。

「だって、地下書庫は電波が届かないんですよ。そんな場所で電話をするというのは不可能じゃないですか」

岡林は言葉を失い、流れ落ちる汗を拭った。まさか、と表情が語っている。

鱗太郎が言っていたのを、穂乃果が動画で伝えてくれたことだ。長い時間、地下書庫にいた鱗太郎だからこそ、電波のことには気付けたのだろう。図書館職員でも、電波のことについて知っている者は少なかったはずだ。岡林も知らなかったのかもしれない。

「そうですね。確かに不自然な行動ですね。でも、それでどうして私が羽場のことを知っていたことになるんですか」

岡林は絞り出すようにして問い返してくる。だが、その答えはすでに用意してあった。

「肝心なのは、神野さんがどうして電話をしていると思ったのかです。その理由は実に単純なものでした。それは、岡林さんが、誰もいないはずの地下書庫で喋っていたからです」

岡林の顔色が青ざめていく。尾倉が、手ぐすねを引くようににやりとした。可哀そうだが、厳しい罰が待っていることだろう。

「もちろん、誰もいなかったわけではありません。羽場さんがいたんです。ですが、地下書庫に誰かが住んでいるとは普通は考えません。神野さんは常識的な観点から、相手がいないのに喋っている岡林さんを、電話をしていると思い込んだんです。岡林さんは、それこそ聞かれても電話をしていたと言いわけできるので、多少大きめの声で会話をしていたんでしょう。それが仇《あだ》となりましたね。この部分の『友人』に関しては岡林さんだったんです。羽場さんの存在に気付き――地下書庫で出会いでもしたんでしょうか――、大学時代のよしみで黙認した上、仲良くしていたんでしょう」

岡林は項垂れた。追い詰められ、彼は観念したように語り出した。

「ある日、地下書庫の書棚の整理を任せられた時に、人の気配を感じました。誰もいないはずなのに。不審に思って粘り強く探していると、書棚の間の、奥の方に隠れている羽場を発見しました。書棚整理中だったので、時間を掛けて探せたのが発見の理由です。普段なら、利用者さんに頼まれて本を取りに来るので、すぐに戻らないといけませんからね。最初は追い出そうかとも思いましたが、事情を知っているだけにそれがしづらく、彼の話を聞いているうちに余計に怒れなくなりました。結局、住むことを黙っている上、時々食料や日用品なんかを運んだり、雑談の相手になったりするようになりました。仁村というもう一人の男が出入りしていることも知っていたんですが、これも羽場発見に繋がると思い、黙っていました」

職場内に密《ひそ》かに住む人物の存在を隠し通す。職員としては重罪と言える行為だ。とはいえ、友人のことを考えた上での対応なので厳しくは言いづらかった。

だが、そこで神野が不思議そうに首を傾げた。

「状況は分かりました。ですが、このことがどうして除外の理由になるんですか」

その話がまだだった。俺は頷き、続きを話し始めた。

「岡林さんは、羽場さんの地下書庫住まいを黙認し、『友人』として仲良くしていました。仮に、そんな岡林さんが羽場さんを殺害した場合、地下書庫を密室にしてご遺体を閉じ込めるでしょうか。岡林さんは、羽場さんが図書館に住んでいたと分かれば、真っ先に疑われる人物です。実際、一度は警察も気にして聴取しましたからね。それなのに、ご遺体を密室になった地下書庫に残してしまえば、より疑われるのは確実です。岡林さんが犯人なら、是が非でもご遺体を外に運び出すはずです。たとえ運び出せなかったとしても、密室など作りはしないでしょう。被害者との関係性と密室の理由が嚙み合わないので、岡林さんは犯人ではないんです」

神野はそうでしたかとつぶやき、理解してくれた。だが、ここでまた秦が割って入ってきた。

「羽場という男との関係がばれることを見越して、わざと遺体を地下書庫に残して密室にしていたとしたら？」

まだ除外されていない秦としては、こうして意見を言うことで自分以外の誰かを犯人にしたいのだろう。だが、今回も否定するのは簡単だった。

「それなら、羽場さんと友人だと早い段階で警察に言うでしょう。こんな解決の際まで関係を隠したりしませんよ。それに、羽場さんのご遺体を火災で燃やしたりはしないでしょう。ご遺体が焼けていたことで、身元の特定は困難を極めました。岡林さんが羽場さんとの関係を示したいのなら、ご遺体の身元が分かるのが大前提です。そこを難しくする理由はありません。やはり、岡林さんは犯人ではないんです」

秦は言い返してこなかった。これで、六人中四人が犯人候補から除外された。

残るは、秦と神野の二人だけだ。このうちどちらかが犯人。部屋の空気が、より一層緊張してきた。

「それでは、五人目です」

俺の言葉に、皆が息を呑む。ついに、犯人が特定されるのだ。

「次に除外されるのは、秦さんです」

ざわめきが広がった。秦ではない、ということは。他の面々は残った一人——彼女のことを見た。

「神野さんが、犯人」

岡林が愕然としたように声を漏らした。ベテラン職員にして、小学生だった俺たちに優しくしてくれた彼女。そんな恩義ある人を、俺は告発せざるを得ない。

「まさか」

さすがの尾倉も唸っていた。予想外の犯人ということだ。

しばらく一同は困惑していた。だが、俺は咳払いをし、話を先に進める。

「これまでの流れ通り、ひとまず秦さんが犯人でない理由をお伝えします」

視線を交わし合う皆をちらりと見てから、神野にも目を向ける。警察官たちがさり気なく逃げ道を塞ぐ中、彼女は堂々として前を向いていた。

「結論から言いますと、秦さんはカードキーを紛失しています。だから事件当日、地下書庫には入れなかったんです」

再びざわめきが起こる。そんなはずは、という声も上がった。

しかし、これは間違いのない事実だ。

「被害者の羽場さんは、落ちていたカードキーを拾ったそうです。そうなると六人の中の誰かが、事件前にそれを紛失しているはずです。論理的に考えれば、そのなくした人物は秦さんなんです。彼は事件が起こるまでカードキーを持たずに過ごし、火災発生後に、尾倉さんが怒って投げ捨てた予備のものをくすねました。事件後の捜査ではなくしてはいないと判断されましたが、本当は紛失していたんです」

穂乃果が考えた、紛失をごまかす方法だ。これを行ったがために、皮肉にも秦は犯人候補から外れられなかった。

「そうだという論理的な根拠は何ですか」

尾倉が冷静に切り込んだ。もちろん、今からそれを話すつもりだ。

「根拠は消去法です。羽場さんは、事件の三ヶ月前に落ちていたカードキーを拾ったそうです。ですが秦さん以外の五人は、その後にもカードキーを使用しているんです」

俺はホワイトボードの前に行き、六人の名前を縦に並べて書いた。

「まず、岡林さんは除外されます。彼は羽場さんの『友人』として、何度も地下書庫に入っていますからね。落ちていたカードキーを拾った羽場さんに会いに行ける。これは、落ちていたカードキーが岡林さんのものでないことの証明になります。また、日記にある『大声で笑った友人』である岡林さんの記述は十一月十三日のものです。これは事件発生の数週間前で、この時点で地下書庫に入れたということは、やはり岡林さんは紛失をしていないと分かります」

岡林の名前の横にバツ印を付ける。これで残り五人。

「島津さんと加賀美さんは、事件発生の数日前に、地下書庫で出会っていますね。尾倉さんと秦さんに厳しくされた加賀美さんが隠れて泣いていたのを、たまたま入った島津さんが目撃しています。泣きすぎて目が真っ赤に充血していたという証言ですね」

加賀美が恥ずかしそうに目を伏せる。尾倉と秦は、悪いのは加賀美の方だと言わんばかりに顔をしかめていた。

「島津さんは、加賀美さんの行動を目撃していたことで地下書庫入りが証明されますし、加賀美さんも行動を目撃されていたことで証明されます。二人とも、カードキーをなくしてはいなかったんです」

これで穂乃果と加賀美も除外。バツを付けて、残るは三人。

「神野さんは、事件の二ヶ月前に地下書庫で電話をする岡林さんを目撃しています。岡林さんが電話をしているように見えたのは事実なので、これもまた神野さんの地下書庫入りが裏付けられます。神野さんも紛失はしていません」

神野もバツ。犯人として特定されながら、ここで除外されるのは奇妙な感覚だろう。

こうして、紛失者候補は二名にまで絞れた。尾倉か秦かだ。

「尾倉さんは、火災発生時に地下書庫のロックを解錠しましたが、スチール棚が突っかかっていてドアを開けられませんでした。とはいえ、解錠したのに開かなかったという正確な証言ができているので、カードキーでドアを開けたというのは間違いないでしょう。予備はこの時点では未開封だったので、代わりに使うことはできません。そうなると、尾倉さんも紛失をしていなかったことが分かります」

これで尾倉も除外された。結果的に、残ったのは秦だ。

「秦さんだけは、除外できる要素がありません。ですので、カードキーをなくしたのは秦さんだということが明らかになるんです」

これで秦は犯人候補から除外される。現場に入れないのでは、殺人も密室トリックも実行できないからだ。

「そもそも、副館長である秦さんはカウンターにはほとんど出ないそうですね。利用者に頼まれて地下書庫に本を取りに行くことがないので、紛失をしても何とかなっていたんでしょう。ただ、館長の尾倉さん以外の四人はカウンターに出るので、日常的に地下書庫に本を取りに行きます。紛失をしたら、すぐにばれてしまうんです」

そういう意味でも、秦が紛失者だったのは予想通りだった。

「どうして黙っていたんだ」

尾倉の低い声が響いた。明らかに怒っている。

「すみません。なくしたとなったら怒られると思って黙っていました。館長が投げ捨てた予備のものを拾ったことでごまかせると踏んで、今まで隠していたんです。申しわけありません」

ぺこぺこと頭を下げる。情けない話だった。後できついお叱りを受けることだろう。

「さて、お分かりいただけたように、秦さんはカードキーを紛失していました。ですから犯行は不可能。犯人ではありませんでした」

ここまで語り終え、ようやく神野と視線を交わした。彼女は未だ落ち着いた様子で俺のことを見返している。

「残ったのは神野さんです。彼女には除外される理由がありません。よって、犯人は彼女なんです」

指摘したくない事実だった。いじめられていた俺を守ってくれた優しい司書さん。その彼女を告発することになろうとは。この真実に気付いてからというもの、ずっと悩み続けた。真実を隠そうかとさえ思った。でも、それではいけない。俺は刑事なのだ。過去の感傷に浸って、真相を捻《ね》じ曲げてはいけない。

「神野さん、どうですか。あなたが犯人なんでしょう」

拳を握り締めて追及する。胸が締め付けられるように苦しかった。今すぐにでも、全てを投げ出して逃げたい気分だ。

沈黙が下りる。五人と警察官たちの視線が神野に注がれた。彼女の発言を、自白を、皆が息を詰めて待っていた。

「私ではありません」

神野がはっきりとした声で言った。一瞬、空気が固まったような感覚を覚えた。

「私は犯人ではないですよ。放火も殺人も、私がやったのではありません」

予想外の切り返しだった。彼女なら、同僚たちの前で追い詰められれば素直に罪を認めると思ったのだが。案外、こういう場面で粘るタイプだったのか。

困惑して、次の言葉を発せられない。しばらく動けないでいると、五人の中の一人が手を挙げた。

「神野さんは犯人ではないと思います」

穂乃果だった。彼女は立ち上がり、一斉に放たれた一同の視線を受け止める。

「刑事さんの推理には、大きな間違いがあります」

はっきりとした声で断言する。まさか、彼女は違った真相にたどり着いているのか。緊張と不安と、それを上回る期待が胸をよぎった。

刑事として、容疑者を集めた中で披露した推理を否定されるのは屈辱だ。場合によっては立場も危ういかもしれない。でも、また彼女の名推理を聞くことができる。俺は少年の頃に戻って、彼女のこれから語るであろう真実に胸をときめかせた。

「先ほどの刑事さんのお話を聞いて、情報は全て手に入りました」

立ち上がった状態のまま、穂乃果は満足げに頷いた。彼女に隠していた捜査情報は、この推理を通して共有されたとも言える。これで俺たちの立場は、初めて同じになった。

「神野さんを犯人候補から除外できないとのことですが、本当にそうでしょうか」

問題提起が行われた。皆はそれぞれ考え込む素振りを見せたが、何も思い付かないようで一様に首を振った。

「皆が除外される理由はしっかりとしていた。『わざとそうしていた』という可能性についても考慮したほどだ。間違いなんてないだろう」

尾倉が、穂乃果に忠告するようにして指摘する。その通りだった。ここまで披露してきた推理に間違いなどないはずだ。そう信じているものの、やはり彼女の名推理には期待してしまう。

「では、どこが間違いだったのか教えてもらおうか」

尾倉が腕を組んだ。穂乃果は待ってましたとばかりに机に手を置き、身を乗り出した。

「まずは、神野さんを除外できる理由を考えてみましょう。刑事さんはそんなものはないと仰いましたが、私はあると思います。小学生の頃、私はこの図書館で神野さんと出会っていたんですが、その時の記憶をたどると、とある大事なことに思い至るんです」

これは、俺に記憶を探るよう暗に促しているのだろうか。そう言われても、あの頃の図書館でそんな大事なことがあったとは考えにくい。

――いや、待てよ。

とある光景が脳裏に浮かんだ。そうか、あの時……。俺は穂乃果の方を見た。彼女は、ようやく気付いたかと言いたげな視線を送っていた。

「今回の事件で、犯人は放火する際に一度、地下から一階に上がりました。着火剤代わりの新聞紙を取りに行ったんです。この一点で、神野さんは犯人候補から除外できます」

鱗太郎の証言にあった内容だ。想定していたものだったので、やはり思っていた通りのようだ。

「地下まで来て一度一階に新聞紙を取りに上がったということは、事前に新聞紙を用意していなかったということです。用意していれば、そんな行動は不要ですからね。しかし、着火剤として使う新聞紙がない状態で放火をするでしょうか」

確実に火を起こしたいのであれば、着火剤代わりのものは必要だろう。だが、それが新聞紙である必要はなく――。

「別のものを着火剤にしようとしたんだろう。地下書庫にある本とか」

気付いていたのか、尾倉が言う。

「その通りです。犯人は地下書庫にあった本を着火剤代わりにしようとしました。スチール棚の下にはいくらかの本の燃えカスがあったとのことでした。恐らく、それは放火の際に巻き込まれたものではなく、発火源として燃やされたものでしょう」

図書館職員が蔵書を着火剤にする。信じ難い行動だが、図書館自体を燃やしたことに比べれば、ある意味驚きは少ないのかもしれない。

「ただ、ここで問題が発生しました。そう、うまく燃えなかったんです。そもそも本は紙の束ではあるものの、案外燃えにくいんです。火災で本がたくさん燃えたのは、あくまで火が大きく燃え盛っていたから。着火の時点ではそう簡単には燃えません。犯人は火を起こすのに苦労し、やがて堪りかねて、燃えやすい新聞紙を取りに向かったんです」

「それなら犯人の行動に納得できるな。だが、それでどうして神野が除外できるんだ」

尾倉が不満そうに言い返す。穂乃果はそんな彼をちらりと見た後、神野に視線を送った。

「神野さん、十六年前に図書館周辺でぼやが連続する事件がありましたね」

忘れもしない、裕也が起こした事件だ。今の元気な彼を思い出してほっとする一方、こんなところに神野除外の理由が潜んでいたことに、改めて驚かされる。

「ええ、そうね。新図書館に移転する前の話。そんな事件もあったわね」

神野は懐かしむように語る。だが犯人として当落線上にいる彼女の本心は、それどころではないはずだ。

「でも、ぼや事件がどうしたっていうの」

「関係は大いにあります。いいですか、ぼやの一つに、図書館の裏手で本の束が燃えていた事件がありましたね」

「そうね。大して燃え広がらず、火はすぐに消されたけど」

皆でバケツリレーをして消火したことが思い出される。

「あの時、なぜ火が燃え広がらなかったか覚えていますか」

「それは、火が弱かったのと、本というものがそもそも燃えにくかったからでしょう」

そこまで言って、神野ははっと口を手で覆った。

「そうなんです。神野さんは、本が燃えにくいということを知っていたんです。そんな人が、一度でも本を着火剤代わりにしようとしますか」

間違いなくしないだろう。これで、彼女は犯人ではないと分かった。

「ですが、そう考えられるのを見越して、わざと一度は火をつけたんじゃないですか」

例によって、秦が割って入ってくる。しかし、その否定は簡単だろう。

「もし仮にそうだったとしても、本が燃えにくいと分かっているなら、最初から新聞紙を持ってくるはずです。わざわざ一度現場を離れて新聞紙を取りに行く必要は全くありません。犯人は新聞紙を不要と考えて持って来ていなかったのであり、やはり神野さんは犯人ではないんです」

秦は口を噤んだ。これで神野の無実も証明されたことになる。

しかし、そうなると困ったことになった。

「あの、これでは犯人がいないことになってしまいますよ」

岡林がおずおずと発言した。そうなのだ。六人のうち六人が犯人ではないと証明されてしまうという、奇妙な状況が起こっていた。

「まさか、犯人は第三者だったというつもりか。そっちの刑事さんは否定していたが、島津、お前はその可能性があると言いたいのか」

尾倉が呆れたように言う。だが、その可能性を否定したのは穂乃果自身だ。そんなことは決してないだろう。

「いいえ、犯人はこの六人の中にいます」

案の定、彼女は断言した。尾倉は鼻で笑い、肩をすくめた。

「話にならないな。六人全員が犯行を否定されたのは、島津、あんたも聞いていたんじゃないのか」

「その中に間違いがあったとしたらどうでしょう」

尾倉は面食らったように一瞬、言葉を途切れさせた。そして、指摘された俺も驚きを隠せなかった。

「間違いだと。さっきも言ったが、『わざとそうした』という可能性まで潰して考えたんだ。そんなことはあり得ない」

長引く推理に焦《じ》れてきたようだ。しかし、穂乃果は冷静だった。

「それが起こるんです。ある事実を裏側から見ると、盤石に見えた論理が一気に崩れ落ちるんです」

どの推理が間違っていたのか。緊張しながら話を聞き続けた。

「さて、そもそもの話ですが、あの密室トリックは一体何のために行われたんでしょう」

いきなり話題が密室に飛んだ。これには尾倉も怒り顔だ。

「密室についてはもう明らかになっただろ。今さら蒸し返す必要がどこにある」

「それが必要なんです」

穂乃果は強い語勢にも負けず、密室について語り出した。

「火災が起こった地下書庫を密室にする。よく考えれば目的がはっきりしません。消火を妨害するためでしょうか。それとも羽場さんのご遺体を完全に燃やしてしまい、身元を分からなくさせるため？　どちらもしっくりきません。消火を妨害しようとしても、消防隊が来ればドアは破壊されるでしょう。羽場さんのご遺体を燃やしたいのなら、火元は入り口前ではなく、ご遺体の側にすべきです」

そう言えば、密室の「理由」は謎のままだ。答えが見つかったのだろうか。

「では、何のための密室だったのか。火をつけることを目的として考えると、どうしても正解が見つかりませんでした。それならば逆転の発想です。犯人には、火をつけること以外の目的があったとしたらどうでしょう」

妙な方向に話が進む。火をつける以外の目的などあるのだろうか。

「私がたどり着いた答えはこれです。犯人にとって、火をつけること自体が目的ではなかったんです。いや、むしろ火が消えることを前提とした犯行を計画していたんです。なぜなら、火をつけることでスプリンクラーを作動させ、蔵書を水浸しにすることが目的だったからです」

一同は唖然《あぜん》としていた。皆、どうしてそうなるのかと口を半開きにしている。俺もその一人で、この推理はさすがに無理があると指摘しなければならなかった。

「スプリンクラーは故障していたんでしょう。それなのに、その作動を前提とした推理には無理があるんじゃないですか」

周囲の目を気にして丁寧語で問う。だが、穂乃果は軽く言った。

「故障が直っていたと思い込んでいた人がいるでしょう。その人になら、この思考は当てはまります」

がつんと頭部を殴られたような感覚だった。そうだったと、目が覚める思いだ。

尾倉と加賀美。この二人は、秦の嘘によって故障が直ったと勘違いをしていた。だとしたら、スプリンクラーの作動を前提としたこの推理も正しくなってくる。

「そうですね。続けてください」

促すと、穂乃果は発想の根拠を語り出した。

「密室トリックの目的は、スプリンクラーをできるだけ長く作動させ、蔵書を濡らすことです。地下書庫のドアには透明な部分がなく、外からでは中が見えません。火災を察知してスプリンクラーが作動した場合、密室トリックでドアが閉ざされれば、中の状況が分からず、放水を停止するスイッチを押しづらくなります。この図書館では、停止させるには手動でスイッチを押すしかないですからね。たとえ火が完全に消えていたとしても、それを押さない限り水は出続けます。そうなると、蔵書は長い時間、水で濡れます。それこそが犯人の狙いだったんです」

蔵書を長い時間、濡らすという目的。火を起こす以上に、そこには深い闇があるように感じてしまう。

「また、火元が二重になった書棚の下にあるので、木製本棚が一定程度燃えてスチール棚が倒れるまでは、火元に覆いかぶさった書棚がスプリンクラーの水をガードしてくれるという面もあります。一定時間は火が消えない仕組みの密室トリックでもあったんです」

そこまで考えられたトリックだったとは。これらの根拠を述べられると、スプリンクラー作動を目的としたという考えに同意したくなる。

「そして、こんな理由で火をつけるのは、故障が直ったと思い込んでいた尾倉館長か、加賀美さんです。このどちらかが犯人です」

皆が息を詰める。尾倉は緊張気味に目を揺らし、加賀美は青い顔をしていた。

「ですが、館長はオイルライターの一件でも犯人候補から除外されています。たとえスプリンクラーのことで疑わしくても、犯人ではないんです」

ということは。一同の視線が彼のことを捉える。

「残ったのは加賀美さんです。あなたこそが、この放火殺人事件の犯人なんです」

加賀美は蒼白《そうはく》な顔色で、呆然と中空を見つめていた。

「加賀美さん、どうして」

神野が声を震わせた。他の皆も、一斉に彼に視線を向ける。

しかし、そんな周囲をよそに、彼はくっくっと笑い始めた。

「あーあ、バレちゃったか」

素直に罪を認めた。同僚たちに囲まれた中で犯行を暴かれ、逃げ切れないと覚悟したようだ。この状況で推理をしたのは正しかった。

しかし、いつもの彼の様子ではない。横柄な態度で、まだ笑い続けている。

「貴様、よくも俺の図書館を燃やしてくれたな」

尾倉がいきり立って腰を上げる。だが加賀美は笑いを止め、逆に睨み返した。

「『俺の図書館』だと。ふざけるなよ。図書館はあんただけのものじゃないんだ」

その迫力に気おされたのか、尾倉は中途半端な姿勢でしばらく固まった。

「館長のお叱りを逆恨みしたのか。あれはお前がモタモタしているのが悪いんだ」

秦が援護射撃をするが、加賀美は吐き捨てるように言った。

「あんたらのやったパワハラのことか。まあ、あれも動機の一端ではあるな。でも、本気で怒っているのはそこじゃない」

パワハラが動機ではない。ではどうして犯行に至ったのか。

「なあ島津さん、名推理を披露したあんたなら分かるんじゃないのか」

穂乃果に話が振られる。彼女は少し思案した後、ではと言って考えを述べた。

「加賀美さんは先ほど、館長の『俺の図書館』という発言に激しく反発しました。ということは、館長が図書館で独裁を振るっていたことに怒っていたんじゃないでしょうか」

「うーん、惜しいな。四十五点ってところだ」

首を振り、またくっくっと笑う。

「俺が怒っていたのは、図書館を金儲《かねもう》けの場所にし、誰かの居場所であることを蔑ろにしたことだ。館長たちは、利用者の回転率を上げるべく、長居の禁止などを命じていた。図書館は、居場所のない人が安心して過ごせる場所なのに、それをだめにした。図書館が居場所であることの大切さを誰より知っていた俺の気持ちが分かるか。図書館が居場所であることの大切さを誰より知っていた俺の気持ちが」

長居禁止――以前、穂乃果と岡林から聞いた話だ。小学生の頃を思い出し、その時は苦々しく感じたが、加賀美も同じ気持ちだったようだ。

ということは、もしかすると加賀美も。ある人物の言葉が頭に浮かんだ。

「俺はな、小学生の頃に不登校になって、家にも居場所がなかったんだ。そんな俺を助けてくれて、居場所を与えてくれたのが七川市立図書館だった。あそこにいた時だけは安心できたんだ。とあるおばあさんとも仲良くなって、そのことをきっかけに学校に戻れた恩は絶対に忘れない」

やはり、あの目の見えないおばあさんが言っていた子供というのは、加賀美のことだったのだ。俺たちより前にも学校に行けずに図書館通いをしていた小学生がいて、その子のことが懐かしいと言っていた。

「加賀美さんが、私たちより前にいた子供だったんですね」

穂乃果が静かにつぶやく。加賀美は三十代で、穂乃果は二十七歳。俺は一学年上の二十八歳だから、加賀美が前にいた子供というのは計算が合う。

「俺は図書館に救われた。だから司書になろうと、懸命に勉強したんだ。そして非正規ながら、ついに七川市立図書館で働けるようになった。心の底から嬉しかったよ。あのおばあさんとも再会して、全てはうまくいっていたはずだったんだ。それなのに、新館長の就任、市街地への移転とあれよあれよという間に事態が急変し、気が付けばあのおばあさんは来なくなっていた。館長たちが悪いんだ。あれだけ図書館を愛していた人を、金儲けのために追い出したんだから」

早口で喋る加賀美の目は、怒りで真っ赤に充血していた。それを見て、穂乃果が目撃した、目を真っ赤にしていた加賀美の真意が分かった。彼は泣いていたのではない。激しく怒っていたのだ。

「だから、罰を与えようと思った。厳しい罰をだ。図書館の館長たちが最も非難されることは何かと考えた時、蔵書を大量に損傷させることだと気付いた。図書館の命である蔵書が多く傷付けば、館長たちもただでは済まない。そしてその損傷のうちで一番悲惨なのは焼失だった。だから最初はその方向で作戦を練った。大量の本があり、人があまり立ち入らない地下書庫がターゲットだ。ちょうどスプリンクラーが故障していたようだったし。でも、スプリンクラーが直ったと聞いて、大きな火事を起こすのは無理になった。だから焼失の次に悲惨な水濡れを起こすことにしたんだ。スプリンクラーを逆に利用して」

司書として、蔵書の損傷について知識を持っていることを悪用したのだ。職業倫理にもとる、許されない行為だ。

「計画は完璧だった。ところが、地下書庫に羽場が住んでいたのが予想外だった。当日、トリックのための棚二つを引きずって来て、ライターの火を試しにつけていたところを目撃されてしまった。言いわけのしようはあったかもしれない。だが、俺はもうどうでもいいと開き直っていたんだな。近くの書棚にあった分厚い辞書を手に取り、思い切り殴りつけた。羽場はぐったりして動かなくなったよ」

そんな理由で殺人を。これもまた決して許されないことだ。動機の始まりこそ同じ気持ちだったが、もはや加賀美には賛同できない。

「とっさに殺人を犯してしまい、計画を継続するか迷った。でも、ここまで来たら引き返せない。木製書棚とスチール棚双方をドアの前で斜めにして、着火剤代わりの適当な本に火をつけた。だけど、うまくいかなかった。だから一旦木製書棚とスチール棚を離れた場所に移動してから外に出て、新聞紙を持って来て再度火をつけたんだ。新聞紙を取りに行った間に、存在に気付かなかったもう一人の男に逃げられ、動画まで撮られていたのは我ながらお粗末だったけどな」

鱗太郎のことだ。彼は幸いにして加賀美には気付かれず、タイミング良く脱出することができていた。その際、二つの書棚は普段とは違う場所に動かされていたはずだが、慌てていた彼にはその存在が目に入らなかったのだろう。

「後は、再び書棚二つを移動させてから斜めにして、新聞紙に火をつけた。それからドアの隙間から脱出したんだ。スプリンクラーが故障したままだったのは予想外だったが、お陰で蔵書は多くが焼失。館長たちに大きなダメージを与えることができた。図書館自体も燃えて、大嫌いだったあの新図書館が消え去ったのも救いだったよ」

加賀美はなおも滔々《とうとう》と語る。いい加減腹が立ってきた。この男は何も分かっていない。

「加賀美さん、あなたは何も分かっていませんね」

俺の思いを、代弁してくれる者がいた。他でもない、短い間だったが、俺と同じ時間を過ごした仲間――穂乃果だった。

「あなたは館長たちに罰を与えたつもりかもしれませんが、そのせいで多くのものが失われたことを見過ごしてはいませんか」

きつい口調で問い質す。加賀美の威勢が少し削《そ》がれた。

「仕方ない。必要な犠牲だったんだ。俺は間違っていない」

「そうでしょうか。羽場さんの命、図書館の蔵書。取り返すことのできないものたちが多く奪われました。それらを必要な犠牲だと言い張るのは傲慢です。あなたは自分勝手な動機で火をつけた、ただの殺人者ですよ」

「そんなことはない。俺は、俺は」

加賀美は唸り、全身を激しく震わせた。その姿からは、爆発しそうな怒りが感じられた。

だが、穂乃果が俺の代わりに彼を糾弾してくれたお陰で、不思議と冷静になれた。

憤りを抑えながら、状況を把握することができていた。

加賀美のやったことは、決して許されるべきものではないだろう。しかし、彼もまた居場所を奪われた悲しみを持っていたんじゃないか。そう思い始めると、穂乃果のような怒りの言葉ではなく、哀れみの言葉が口を突いて出た。

「昔の図書館のことが、大好きだったんですね」

加賀美はぽかんとして、それまで浮かべていた憤怒の表情を薄れさせた。

「あなたはその大好きな居場所を奪われて、嫌な思いをした。そのことを誰かに伝えたかったんですよね」

「そ、そうだ。俺は館長たちに大切な居場所を奪われたんだ」

加賀美は声を振り絞る。俺は頷きながら言葉を掛け続けた。

「そうでしたか。ですが、燃えてしまった新図書館も、誰かの大切な居場所だったと考えはしませんでしたか」

「えっ」

虚を衝かれたのか、返答は驚きの声だけだった。

「蔵書が増えた図書館の書棚を巡るのを楽しみにしていた人。美しい図書館の建築を見るのを生き甲斐にしていた人。併設されたカフェでの優雅な時間を日課にしていた人。皆が新図書館を居場所だと思っていたはずです」

沈黙が下りる。図書館の全てを奪った男は、唇を噛んで下を向いていた。

「あなたはそんな人たちの居場所を強引に奪ったんじゃないですか。あなたが恨みに思っている人たちがやったのと同じ――いや、それよりもっと酷いやり方で。奪ったというのも、生易しい表現かもしれませんね。あなたが殺したんです。多くの人の居場所を、そしてその人たちの心を」

「俺が、誰かの居場所を――」

加賀美は呆然として、どこでもない宙の一点を見つめていた。

「あなたは尾倉館長たちを非難しました。ですが、あなたがやったのはそれより残酷な行為です。図書館が燃えたと聞いて、どれほど多くの人たちが心を痛めたことか。その苦悩を想像できないほど、愚かになってしまったんですか。とても残念です」

返事はない。加賀美は肩を震わせていた。その肩がやがて上下していき、ついに彼は声を上げて泣き始めた。その目からは大粒の涙がこぼれる。しゃくり上げながら、ちくしょう、ちくしょうと同じ言葉が繰り返された。

彼には相応の罰が下るだろう。実際に犯した罪以上に、彼が奪ったものは多いのだから。

加賀美は部屋にいた警察官たちの手で連行されて行った。残された図書館職員たちはおろおろしていたが、穂乃果が立ち上がり、手を叩いて号令を掛けた。

「さあ、修復作業に戻りましょう。修復を待っている本はまだまだあるんですから」

もういいよね、と俺に視線で問うてくる。彼女には充分すぎるほど助けてもらった。ここに引き留める理由はない。

俺が頷くと、彼女を先頭に職員たちは部屋から出て行った。尾倉と秦だけがその場に留まっていた。

「加賀美め。許さない。この俺をコケにした報いは必ず受けてもらうからな」

尾倉は呪いの言葉を吐く。秦は例によって、そうですよね、と追随した。

今回の事件で一番悪いのは加賀美だが、この二人も原因を作っている。さすがに俺は一言、言っておかなければならなかった。

「残念ですが、それは難しいと思いますよ」

尾倉と秦は目を見張った。

「どういうことですか」

「今回の事件で、大きな犯人特定の根拠になったのがスプリンクラーの故障でした。

そもそも、それさえなければ彼の犯行後に大規模火災さえ起きませんでした。そのことは当然マスコミが大きく報じるでしょう。そうなれば再び、故障を放置した人物への責任追及が強まるはずです」

秦が青ざめた。一度は市役所内で軽い処分で済まされたものだが、ここに至って大打撃となる可能性が出てきたのだ。

そして尾倉もただでは済まない。当然、館長として副館長の監督責任を問われるだろうし、そもそも秦が故障が直ったと嘘をついたのは、尾倉のパワハラに近い厳しい態度が原因だった。お咎《とが》めなしとはいかないだろう。もちろん、加賀美への明らかなパワハラの件も大々的に報じられるだろう。

「そんな。俺にはまだ、図書館でやりたいことが」

事情を察したらしい尾倉は頭を抱える。秦は視線を揺らして、助けを求めるように俺を見た。

しかし、俺は何も言わずに部屋を出た。二人のやってきた図書館運営は、一〇〇％間違いだったわけではなかった。来館者数を増やしたし、蔵書数の増加や交通アクセスのしやすさなど利便性も生んだ。

だが、彼らはやりすぎたのだ。図書館が誰かの居場所であることを蔑ろにした。そのことが、事件の遠因になったのだから。

廊下に出ると、穂乃果が待ち構えていた。壁に寄り掛かり、やっと出てきたとばかりに息をついた。

「貴博のことを待っている人がいるよ」

事件のことは何も言わず、彼女は歩き出した。事件解決を助けてくれてありがとう。そう伝える間もなくずんずん進んでいく。置いて行かれないよう、俺は早足になった。

市役所を出ると、日は暮れていた。北風に身を縮めながらさらに歩くと、闇が下りた市役所前広場に影が一つあった。金髪にピアスをたくさん付けた男――鱗太郎だった。

「貴博」

俺のことを呼んで、彼は近付いてくる。目が潤んでいるのが見て取れた。

「事件も解決したことだし、もういいかなと思って」

穂乃果が珍しく優しげに笑う。視界が歪み始めた。俺もまた泣きそうなのだなと感じつつ、一歩一歩足を踏み出していく。やがて広場のど真ん中で、俺たちは向かい合った。

「長い間、待たせてすまなかった」

俺は言葉を振り絞る。十六年分の思いが詰まっていた。

「俺が図書館を去る時、随分と後押ししてくれたよな。でも、あの言葉は全部嘘だろ。俺がいなくなっても大丈夫だなんて、本当に、鱗太郎は嘘つきだな」

恥ずかしいほどに、語尾が震えていた。でも、俺はもう逃げない。これから先、鱗太郎と向き合い続ける。

「そうだね。僕がついてきた嘘の中で、一番酷い嘘だったよ」

洟を啜る音が聞こえた。お互い、もう我慢の限界のようだ。

「でも、もう嘘はつかない。貴博、改めて僕と友達になってほしい」

手が差し出される。俺はその手をぎゅっと握り、泣いているのか笑っているのか自分でも分からない状態で、こう答えた。

「何言っているんだ。俺たちは、図書館にいた頃からずっと友達だろ」

そのまま肩を寄せ合い、俺たちは少年の頃に戻って再びの友情を誓った。

こうして図書館を巻き込んだ大事件は無事に解決した。

俺、穂乃果、鱗太郎の三人の関係は元に戻り、慌ただしくも穏やかな日々がまた始まった。

# エピローグ

時刻は午前十時になろうとしていた。

市役所四階の一室の前に、少しばかりの行列ができていた。今日という日を待ちわびていた人たちが、今か今かとオープンを待っている。その光景を見ていると、胸に熱いものが込み上げてきた。穂乃果を通して、ここ数ヶ月の職員たちの奮闘を聞いているからだ。

「お待たせしました。開室します」

ドアが開け放たれ、仮設図書館がお目見えした。会議室程度の広さだが、書棚が巡らされ、ぎっしりと本が詰まっている。修復作業で元に戻った本たちだ。

仮設図書館を作ろう。そんな話が出たのは、蔵書修復が一段落した二月のことだった。スプリンクラーの故障が放置されていたことがマスコミによって大々的に報じられ、ちょうど尾倉と秦が責任を取って館長・副館長の職を退いた頃のことだった。一度は甘い処分で済んでいたのだが、事件解決をきっかけに市役所内部から情報が流れ、二人の振る舞いが報道で痛烈に批判された。その結果としての辞職だった。尾倉は最後まで抵抗したようだったが、監督責任を問われて辞めざるを得なかったという。

新しく館長代理となったのは岡林だった。私に勤まるんでしょうかと不安そうだったが、周囲のことを思いやって行動できる彼なら大丈夫。そう俺は思っていた。実際、彼は仮設図書館を作る案に賛成し、率先して交渉を行っていた。案外、館長の器なのかもしれない。今回の事件を受けて、図書館改革を進めていた市長もすっかり大人しくなったので、館長代理の手腕の見せどころだった。

そうして仮設図書館は、今日四月一日に無事オープンを迎えた。かつての利用者たちが列を成し、仮設ながら盛況だったのは嬉しいことだ。

「あ、貴博」

目立たないよううろついていたが、見つかってしまった。エプロン姿の穂乃果が、こちらに駆けてくるところだった。

「やっぱり来てくれたんだね。わざわざ休みまで取って」

明るく笑う彼女に苦笑する。今日はたまたま非番だっただけだ。だが、そうでなかったとしても、無理やりにでも休みを捻じ込んでいた気はする。

「仮設でも素敵な図書館だね」

俺は内部を見回した。会議室だった部屋には書棚がぎっしり詰まっていて、蔵書数もなかなかのものだ。そして、室内にはテーブルや椅子が多くあり、ゆっくり休めるようになっている。壁の貼り紙には、「ぜひ長時間のご利用を」と長居を勧めるものまであった。

「ああ、それ。岡林館長代理の案だよ。やっぱり、図書館は長居してこそだよね」

視線をたどって解説される。そういうことなら何よりだ。

仮設図書館に入った後、俺は穂乃果の仕事の邪魔にならないよう、机の周りにぐるりと置かれた椅子に座って本を読んだ。長時間の読書は久しぶりだったが、再会した旧友とすぐ意気投合できるのと同じように、あっという間に本の世界に没入できた。

「すみません、お隣いいですか」

しばらくして、若い女性の声がした。顔を上げると、大学生ぐらいの長髪の女性が、杖を突いたおばあさんを支えて立っていた。

「ああ、どうぞ」

俺は椅子を引いてスペースを作る。女性とおばあさんは、空いていた二つの椅子に腰を下ろした。おばあさんは手探りで椅子や机を触っている。目が見えないようだ。

「あれ？」

不思議な感覚に囚われた。このおばあさん、どこかで会ったことがあるような。

「もしかして、昔、図書館にいらした方ですか」

よく見れば顔立ちが同じだ。驚きながらも、声を掛け続ける。

「瀬沼貴博です。穂乃果や鱗太郎と一緒にいた、あの小学生です」

「ああ、あの時の小学生たち」

おばあさんは懐かしむように、皺に囲まれた目を細めた。

「覚えているよ。あの時は話し相手になってくれてありがとうね」

深々と一礼される。付き添いの女性も頭を下げた。俺も下げ返す。

「おばあちゃん、お知り合い？」

「ええ、小学生だった頃のこの子たちと、友達だったのよ」

嬉しそうに話すその姿を見ていると、あの頃が蘇ってくるようだった。

「あ、でも、移転してからはあまりいらっしゃらなかったんですよね。長居禁止を言われたせいで」

加賀美が言っていたことを思い出して問う。だが、

「そんなことはないよ。行かなくなったのは、心臓を患って入院していたからだよ」

「えっ、そうだったんですか。お体は大丈夫ですか」

「もうすっかり治ったよ。退院して、久しぶりに図書館に行けると思ったらあの火事だろ。がっかりしたけど、仮設図書館の話を聞いて、孫に頼んで連れて来てもらったんだ」

おばあさんは楽しそうに言う。孫の女性もつられて微笑んだ。

「そうそう。燃えてしまった新図書館だけど、長居禁止は確かに残念だったね。でも、点字本や録音図書の数がぐんと増えていたから、むしろ喜んで利用していたよ。前のところでは、そういうものの数は限られていたものね」

案外たくましい。そういうことなら、構想段階の新しい図書館はおばあさんによく合うだろう。

岡林館長代理が提案した新しい図書館の構想テーマは、ずばり「伝統と革新の調和」だ。まず立地は、山の中にあった旧図書館と、市街地にあって焼失した図書館の中間の位置が良いとしている。街中から離れすぎず近すぎずの場所だ。旧来の長居できる環境の復活や、正規職員を増やして働きやすさの改善も行われる。とはいえ、カフェの併設や蔵書量の多さは継続するか検討するそうだ。尾倉の方針を全て否定するのではなく、必要な部分は引き継いでいく。それが館長代理の決めたことだった。

良い図書館になるんじゃないか。俺はそう期待している。

市役所内にあるレストランで昼食を取り、また仮設図書館に戻ってきた。今日は閉館までずっと長居をする予定だ。久々に長時間読書ができて充実している。小学生の頃を思い出した。

午後三時頃。利用者の数が落ち着いてきた頃に、清掃のアルバイトがやって来た。今日ずっとここにいるのは、穂乃果に会うためだけではなく、読書のためだけでもなく、このアルバイトに会うためでもあった。

「鱗太郎。頑張っているな」

モップで床を磨いている友人に声を掛ける。鱗太郎は汗を拭いながら、笑顔で振り向いた。

「うん。でも頑張りたくて頑張っているから、すごく楽しいよ」

髪を染めてすっかり黒髪になった彼は、モップの柄を握って床の汚れを落としていく。ピアスも外したので、耳の周りはすっきりしていた。

鱗太郎は、仮設図書館が作られると知るや否や、市役所に直談判をしに行った。清掃員のアルバイトでもいいから雇ってくれと言ったのだ。彼なりに、図書館のために何かしたいと思ったのだろう。

「小説の方は進んでいるか」

「うん、進んでいるよ」

　邪魔にならない程度に質問をする。鱗太郎は弾《はず》んだ声で答えてくれた。彼は小説の方にも本腰を入れ、本気で小説家を目指し始めたのだ。事件後、三人揃って喫茶店でお茶をした時も、彼は熱い理想を語ってくれた。

「もう原稿用紙換算で二百枚は書いたよ。この調子をキープしたいね」

　好調なようで何よりだ。嘘ではなく、本当に小説家を目指していると胸を張れるようになって嬉しい。

「だけど、鱗太郎はどうして小説家を目指したんだ」

　何気なく訊いてみる。すると、ええっ、という驚いた声が返ってきた。

「貴博が言ってくれた言葉がきっかけなんだけど」

「え、俺のお陰なの」

　全く記憶にない。思い出せず困っていると、鱗太郎が笑いながら教えてくれた。

「僕が虚言癖に悩んでいた時、貴博が言ってくれたんだ。『嘘をつくには想像力が必要。お前には想像力がある』って。その想像力を活かせって励ましてくれたんだろうね。後になってその言葉を思い出して、得意の想像力を活かせる小説家を目指したんだよ」

全く記憶にない。言った方は覚えていなくても、言われた方は覚えているということの良い例だ。

だが、その台詞はどこかで聞いた気がする。どこだったかと頭を捻っていると、ふと記憶が蘇った。

「羽場さんも、同じようなことを言ってくれたんじゃなかったか」

地下書庫で、虚言癖について相談した鱗太郎に、羽場が似たようなことを言ったはずだ。

「『嘘をつくには想像力が必要。仁村君には想像力がある』っていう言葉だね。あの言葉があったから、僕は羽場さんを信用したんだ。貴博と同じことを言っている人が、悪い人のわけがないからね」

想像もしないところで、言葉は繫がるものだ。今はもういない羽場のことを、親しみを込めて頭に浮かべる。

「はいはい、アルバイトさん。お喋りはそのぐらいにして、手を動かして」

ふと声がして、穂乃果が現れた。鱗太郎の肩を叩き、厳しい社会の洗礼を浴びせる。

「あっ、ごめん。いや、すみません」

鱗太郎は慌ててモップを動かし始めた。しかし、額に光る汗が爽やかだ。彼はきっと立ち直れるだろう。自分で決断して動き始めたのだから。

「やれやれ。頑張ってもらわないとね」

穂乃果は苦笑する。だが、その笑みは優しげだ。俺もきっと、あんな顔になっているのだろう。鱗太郎のことは、こうして見守っていく必要がある。

仮設図書館の中では、静かな時間が流れていた。皆がゆったりと本を読んだり休憩したりして、それぞれの居場所を作っている。時々小さな子供を連れたお母さんもやって来た。子供たちは元気にはしゃぐが、皆はそれを温かく見守っていた。

「良かった」

思わず声が漏れる。こんな穏やかな場所が、俺は大好きだ。

「本当に、図書館が復活して良かったわね」

ふと声がして振り向くと、神野が立っていた。優しげな目で、俺のことを見つめている。十六年前と、何ら変わらない目だ。

「あの、間違った推理で犯人だと指名してしまって、申し訳ありませんでした」

俺はまず謝罪をした。今思うと大変失礼なことだったと思う。だが、神野は笑顔を崩さなかった。

「いいのよ。貴博くんが一生懸命考えてそうしたってことは分かっていたから。それより、そのことで上の立場の人からは何か言われなかったの」

間違った推理を、容疑者たちの前で披露した責任のことだ。

「それは大丈夫です。捜査一課長が庇《かば》ってくれました。推理は良いところまでいっていた、事件が解決したのも瀬沼の推理あってこそだ、と」

「それはありがたいわね。感謝しないと」

その通りだった。今も捜査一課にい続けられるのは、捜査一課長のお陰だ。

「だけど、貴博くんもだけど、穂乃果ちゃんも鱗太郎くんも立派になったわね。小さい頃を知っている身としては誇らしいわ」

神野は懐かしそうに目を細める。

「何ですか、私たちの話ですか」

近くにいた穂乃果がやって来た。神野は微笑み、

「そうよ。穂乃果ちゃんが立派になった、っていう話。初めて出会った頃は、こんなに小さかったのに」

「もう、やめてくださいよ。あの頃の私は随分尖っていて、自分では黒歴史だと思っているんですから」

今でも充分尖っていると思うけど。そう苦笑しながらも、黒歴史という言葉に、昔のことを思い出す。学校でいじめられて、頼るものもなく図書館にやって来て、そういう意味ではあの頃のことは黒歴史だった。でも、そこで穂乃果と鱗太郎に出会ったのは間違いなく人生における財産だった。その財産があったからこそ、俺は今こうして穏やかな気持ちでいられるのだ。

「穂乃果、ありがとう。あの時、独りぼっちだった俺を助けてくれて」

素直な言葉が口から出た。彼女は目をぱちくりさせて、恥ずかしそうに髪を触った。

「助けてもらったのは私も同じ。私も、学校には居場所がなかったから」

指先をもじもじさせながら、小声で言う。彼女らしくなくて、何だかこちらまで恥ずかしくなってくる。気が付けば、神野は空気を読んだのかいなくなっていた。

非常に気まずい。内心動揺して言葉を探すが、適切なものが思い浮かばなかった。

「はいはい、職員さん。ちゃんと仕事をしてくださいね」

そこへ、モップを持った鱗太郎が通りかかった。にやりとして笑いかける。

俺と穂乃果は魔法が解けたようになり、慌ててそれぞれのやるべきことに戻った。

でも、十六年前のあの時、互いに支え合っていたのだということがよく分かった。

俺、穂乃果、鱗太郎。三人の誰が欠けてもいけなかった。三人が揃っていたから、今こうして笑い合えるのだ。

再び、本に視線を落とす。大変なことが多い日々だが、こうして図書館に来ると落ち着ける。ここで英気を養って、また頑張っていければいい。穂乃果と鱗太郎、司書さんたちに元気をもらっていた小学生の頃みたいに。

図書館には静かな時間が流れていた。永遠に続いてほしいような、豊かな時間だった。

この物語はフィクションです。作中に同一の名称があった場合でも、
実在する人物、団体等とは一切関係ありません。

【参考文献】

『炎の中の図書館　110万冊を焼いた大火』
スーザン・オーリアン（著）羽田詩津子（訳）二〇一九年　早川書房
『図書館概論　五訂版　JLA図書館情報学テキストシリーズⅢ　1』
塩見昇（編）二〇一八年　公益社団法人日本図書館協会
『図書館施設論　JLA図書館情報学テキストシリーズⅢ　12』
中井孝幸・川島宏・柳瀬寛夫（共著）二〇二〇年　公益社団法人日本図書館協会
『JLA Booklet no.6　水濡れから図書館資料を救おう！』
眞野節雄（編著）二〇一九年　公益社団法人日本図書館協会
※その他、日本図書館協会ホームページ（https://www.jla.or.jp）など多数のインターネットサイトを参考にしています。

宝島社
文庫

# 図書館に火をつけたら

（としょかんにひをつけたら）

2025年2月19日　第1刷発行

著　者　貴戸湊太
発行人　関川誠
発行所　株式会社 宝島社
〒102-8388　東京都千代田区一番町25番地
電話：営業 03(3234)4621／編集 03(3239)0599
https://tkj.jp
印刷・製本　中央精版印刷株式会社

本書の無断転載・複製を禁じます。
乱丁・落丁本はお取り替えいたします。
©Sota Kido 2025
Printed in Japan
ISBN 978-4-299-06426-4

## 『このミステリーがすごい!』大賞 シリーズ

宝島社文庫

# 認知心理検察官の捜査ファイル 検事執務室には嘘発見器が住んでいる

貴戸《きど》湊太《そうた》

認知心理学を駆使して嘘を見破る天才検事・大神は、職場に住み着く変人。新人事務官・朝比奈は彼のもとで様々な被告人と遭遇してゆく。披露宴の最中に花婿を殺した花嫁、「月が綺麗だったから」と供述する殺人犯。検事と事務官のバディが活躍する、心理学×リーガルミステリー！

定価 790円（税込）

※『このミステリーがすごい!』大賞は、宝島社の主催する文学賞です（登録第4300532号）